간소한 삶에 관한 작은 책

이 책은 매 페이지가
한 편의 짧은 이야기와 같습니다.
한 차례 순서를 지켜 완독하고,
이후에는 자유롭게 손에 잡히는 페이지부터
읽어나가 보세요.
하루의 시작과 끝이 한층 가벼워질 것입니다.

들어가는 말

우리는 사는 동안 다양한 삶의 무게에 짓눌린다.

원만하지 않은 교우관계, 실패로 인한 좌절, 권태가 찾아온 연인관계, 늘어나는 뱃살과 한숨…. 어깨를 짓누르는 것은 비단 물건만이 아니다.

묵직하게 어깨를 누르는 무게를 감내하면서 살아가기에 우리는 자주 그 고통에서 해방되고 싶어 한다. 담배를 피우기도 하고, 술을 마시기도 하고, 사람을 만나기도 하면서 백방으로 탈출구를 찾는다.

하지만 담배, 술, 사람은 잠시 고통을 잊게는 해줄지언정 이 무게를 가볍게 해주지 못한다. 역시 무게를 덜어주려면 물리적인 행동이 먼저다. 물건을 내려놓으면 물건에 부여하던 가치와 의미도 자연스럽게 벗어던지게 되고, 시간이 좀 더 지나서 익숙해지면 삶의 무게도 훌훌 털어버릴 수 있는 담력이 생긴다.

차례

2. 비움으로 얻은 깨달음

4. 비우는 사람들

5. 물건을 선택하는 기준

6. 실전 미니멀리즘

7. 경계할 것

미켈란젤로에게
걸작 '다비드'의 탄생 비화를 묻자
그는 이렇게 답했다.

"다비드가 아닌 것을 다 없애고 나니,
다비드가 되었다."

1. 미니멀리즘으로의 초대

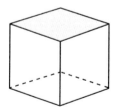

여행을 떠나 적막이 흐르는 빈 호텔방의 말끔히 세탁된 침대 시트 위에 몸을 눕힐 때면 우리는 자유롭다고 느낀다.

호텔은 잠시 머물다 가는 사람들의 쉼터이기 때문에 잡다한 물건을 두지 않는다. 편의를 위한 최소한의 물품만 구비해놓고 나머지는 머무는 사람의 재량에 맡긴다.

휑한 숙소에 들어앉아 있노라면 모처럼 고된 일상에서 탈출했다는 생각이 든다.

여행을 떠올려보자. 캐리어 하나에 며칠간 필요한 옷과 물건만 챙겨 떠나왔다. 깜빡하고 빠뜨리고 온 물건이 있다면 현지에서 하나 사면 그만이다.

집에 쌓여 있는 '중요하다고 생각했던' 많은 물건들은 생각조차 나지 않는다. 오히려 그 어느 때보다 자유롭고 홀가분하다.

템플스테이를 가본 사람들은 알 것이다. 절은 대체로 고요한 산속에 자리하고 있다. 현대 건축물이 자연을 배경으로 삼는다면, 절은 자연 속에 그대로 파묻혀 있는 모양새다. 스님들은 차담 시간에도 말을 가만히 들어줄 뿐, 별 달리 말씀이 없으시다. 삭발한 머리에 똑같이 밋밋한 회색빛 승복을 입은 승려들은 표정 없이 우직하게 절간을 지키고 있다.

내어주는 방에 놓인 물건은 이부자리 한 채와 벽에 걸린 나무 옷걸이가 전부다. 인터넷도 안 되고 휴대폰 통화 연결음도 약하다. 새소리, 시냇물 소리, 새벽 예불 때 목탁 소리, 해 질 녘 타종 소리만 잠잠한 산사를 메운다.

해가 지고 난 뒤에는 숨 막힐 듯한 적막만이 감돈다. 칠흑 같은 어둠이 찾아오면 할 수 있는 일이 거의 없다.

마음의 평안을 주는 절과 객지의 숙소는 공통점이 있다. 기본적으로 물건이 적고 깨끗하며 고요하다.

우리는 입지도 않는 오래된 옷들을 이사 갈 때마다 짊어지고 다닌다. 200킬로그램은 족히 될 것 같은 입지 않는 옷, 쓰지 않는 그릇, 온갖 잡동사니를 버리기 아깝다는 이유로 신줏단지 모시듯이 가지고 있다. 물건은 우리 삶의 편의를 돕는 도구지 모셔야 하는 상전이 아니다.

생명력을 상실한 죽은 물건이 자리 잡고 있는 집 안은 동맥경화를 겪는 몸과 다르지 않다.

우리는 종종 '쟁여놓는다'는 말을 쓴다. 마치 재난을 대비하는 것처럼 말이다. 생필품은 당장 안 써도 언젠가는 꼭 쓴다며 저렴하다는 명분을 앞세워 휴지, 물티슈, 라면 같은 것을 묶음으로 산다. 두 개사면 배송료 무료라는 말에 하나만 있어도 충분한 물건을 둘씩 산다.

영국의 디자이너이자 작가, 건축가인 윌리엄 모리스는 말했다.

"쓰임이 불분명하거나 아름답다고 여겨지지 않는 물건은 절대 집에 두지 마라."

꼭 필요한 물건만 놓고 생활해보자. 매일같이 사용하는 물건과 기분이 좋아지는 물건들에 둘러싸여 지낸다면 집은 삶을 풍요롭게 하는 근본이 된다.

아무것도 소유하지 않는다는 것은 엄청난 자유를 의미한다. 무한대로 상상할 수 있는 공상의 공간, 언제 어디로든 떠날 수 있는 가벼움, 미래에 대한 낙관, 험담하지 않아 맑은 영혼, 죽음 앞에서의 초연함….

종이 한 장, 만년필 한 자루면 얼마 동안이건 지루하지 않게 기다림의 시간을 보낼 수 있다. 가벼운 발걸음과 돈 몇 푼으로 어디로든 떠날 수 있게 짐 가방을 줄이자.

생각해보면 우리는 필요한 것을 이미 모두 가지고 있다. 사랑하는 가족, 친구, 오늘 하루 일용할 양식, 따뜻하게 몸을 눕힐 집, 추위와 더위로부터 보호해줄 옷, 아름다운 자연, 자유….

자연, 사랑, 믿음, 배려, 존중은 동전 한 닢도 요구하지 않지만, 행복했던 모든 순간 자리했던 고마운 것들이다.

단순한 삶은 전자기기와 같은 문명의 이기에 대한 의존도가 낮은 생활이다. 문명사회가 제공하는 각종 편의는 있어 누릴 편리함보다 없어 감당할 불편이 훨씬 크다.

하지만 오랜 시간 없는 상태로 지내다보면 있는 편이 더 구속으로 느껴진다. 없는 삶은 의지하지 않는 삶이다. 물건, 돈, 타인의 감정과 평가 등 어떤 것에도 의지하지 않아, 완벽하게 독립된 하나의 주체만이 곧추선다.

에어컨과 난방기 없이도 선풍기를 쓰고 옷을 두툼하게 껴입으면 충분히 계절을 날 수 있다. 컵이 없어도 손을 표주박 삼아 물은 마실 수 있다. 포크로 아무렇지 않게 머리를 빗던 애니메이션의 인어 공주가 생각난다. 포크도 머리빗도 경험해보지 못한 사람에게는, 두 가지 다 뾰족한 가지가 달렸으니 그것으로 머리를 빗는다고 해서 이상할 게 전혀 없다.

불편은 상대적이다. 애초에 없이 살아온 사람이라면 있어도 그만 없어도 그만이다. 후자인 편이 훨씬 더 자유롭지 않은가?

파리에 가서 에펠탑 열쇠고리를 사오고 중국에 가서 만리장성 냉장고 자석을 사오고 일본에 가면 게이샤 그림을 사온다.

여행의 기억은 기념품 없이도, 고스란히 남는다. 글로 남겨도 되고, 사진으로 보관해도 된다.

자유롭고 싶어 떠난 여행, 홀가분하게 나섰으니, 돌아올 때까지 가볍자. 더해진 기념품의 개수만큼 여행의 품격이 올라가지는 않는다. 올라가는 건 짊어져야 할 어깨 위 가방의 무게뿐이다.

살아생전 흔적을 많이 남긴 사람은 죽음이 두렵다. 금은보화, 자신의 명의로 된 높은 빌딩, 높은 직위, 사회적 권위와 그에 걸맞게 받아온 대우…. 이 모두를 움켜쥐고 놓지 못하기 때문에 죽을 수 없는 것이다.

하지만 인간은 결국 다 죽는다. 오래 사는 사람은 있어도 영원히 사는 사람은 없다.

물건이 없는 방에서 하루를 시작한다는 것은 설레는 일이다. 새로운 일을 시작할 수도 있고 그동안 이루고 싶었던 일에 몰두할 수도 있다.

집중력이 흐려지는 가장 큰 이유는 주위가 산만해서다. 주변 환경이 산만하면 머릿속도 산만해진다. 주변을 말끔하게 비우면 머릿속도 백지상태가 된다.

물건이 많은 공간에서는 작은 일을 여러 가지 실행할 수는 있어도 큰 문제를 해결하거나 규모가 큰 목표를 이루기는 어렵다.

겨냥하는 목표가 줄어야 집중할 대상이 줄어, 성공 확률도 높아진다.

사람 한 명 사는 데 필요한 공간은 얼마 안 된다. 실내에서 대단한 운동을 할 것도 아니니 먹고 자고 쉴 수 있는 10평 정도의 공간이면 족하다. 학창 시절 수련회나 수학여행을 가면 원룸 크기의 좁은 방에서 여럿이 옹기종기 모여 잤다. 어떻게든 머리 눕히고 다리 뻗을 공간을 찾아 하룻밤을 무난하게 보냈다.

방이 좁은 이유는 면적이 좁아서가 아니다. 물건에게 내준 공간이 많아서다.

넓어진 공간은 더 많은 비용을 의미한다. 평당 가격에 따라 세를 받거나 집값을 매기니, 넓어진 면적만큼 세도 집값도 비싸진다. 냉난방 효율도 떨어진다. 시설관리비, 공과금이 더 부가되는 건 당연지사다. 조명도 두 배로 써야 하고, 청소기도 두 배로 오래 돌려야 한다. 넓어진 공간은 열고 닫아야 할 창문도, 관리해야 할 모서리도 많다. 해충이라도 생기면 약도 두 배로 뿌려야 하고, 온 집 안을 신경을 곤두세워 경계해야 한다.

자동차 한 대가 차지하는 도로에 자전거나 전동 스쿠터는 3대도 다닐 수 있다. 자전거 페달을 밟는 속도에 한계가 있어 사고 위험도 낮다. 자전거는 시민의 건강과 환경을 모두 사수하는 궁극의 이동 수단이다. 지구상의 자원이 완전히 고갈된다면 동력 없이 움직이는 자전거가 최후의 '탈것'이 될지도 모른다.

　정장 차림으로 자전거를 타고 통근하는 직장인, 베이비 시트를 설치한 자전거에 아이를 태워 등원시키는 보호자, 책가방을 메고 친구들과 삼삼오오 무리 지어 자전거로 등하교하는 학생들, 2인용 자전거를 타고 데이트하는 커플….

　자동차 대신 안전모 쓴 바이커들이 달리고 있는 도로 위를 상상해본다. 그곳은 매연도, 교통 체증도, 교통사고도, 경적 소리도 없다.

차 한 대를 갖게 되면 신경 써야 할 게 서너 가지 늘어난다. 정기적으로 세차를 하고, 차 내부에 필요한 액세서리들도 구비하고, 기름을 넣고 차량을 점검하고, 세금과 보험료도 내야 한다. 주차 공간 확보 또한 필수다. 차가 없으면 세차, 세금, 수리, 사고, 보험… 이 모두로부터 자유로워진다. 내 몸 하나만 잘 건사하면 된다.

좁은 골목을 사이에 두고 붙어 건설된 빌라촌은 늘 주차 공간이 부족하다. 주민들은 자가용을 이용할 때마다 좁은 공간에 차를 대는 불편을 감수한다. 주차된 차들 때문에 더욱 비좁아진 골목을 행인들은 투덜대며 걷는다. 차를 소유하지 않으면 불평도, 짜증도, 스트레스도 없다.

대도시는 대중교통과 교통망이 잘 갖춰져 있다. 지하철과 시내버스가 닿지 않거나 15분 이상 걸어야 하는 구역이 별로 없다. 돈 들여서 헬스장에 등록하고 운동기구를 사고 트레이너를 고용하면서 정작 10분 남짓 되는 거리를 자가용으로 이동한다면, 이것이 과연 올바른 선택인지 재고해봐야 한다.

이사할 때마다 사람들은 느낀다.

'우리 집이 이렇게 넓었었나?'

이는 생각보다 넓은 공간을 협소하게 사용하고 있음을 방증한다. 집은 사람이 살기 위한 공간이지 물건을 쌓아놓기 위한 창고가 아니다. 우리가 사는 공간은 절대 좁지 않다. 좁게 써서 좁은 것이다.

돈 들여서 넓은 집으로 옮길 생각하지 말고 지금 당장 안 쓰는 가구와 물건부터 몇 가지 처분해보자. 숨은 공간이 드러나며 집이 몰라보게 넓어진 것을 느낄 것이다.

미국의 소설가 에드나 퍼버는 "넘치는 것은 부족함만 못하다."라고 했다.

많아서 좋은 것은 별로 없다. 질병도 대부분 많이 먹어서 생긴다. 컨디션이 좋지 않을 때 단식을 해보면 모든 장기 기능이 정상으로 돌아옴을 알 수 있다. 적게 먹으면 쉽게 병에 걸리지 않는다.

대부분의 문제는 많아서 생긴다. 선택지가 너무 많으면 어떤 선택도 하지 못하게 된다. '선택의 역설'이다.

적은 것만큼 좋은 것은 단순한 것이다. 전시장의 작품을 돋보이게 하는 것은 여백과 조명이다. 빈 배경 없이는 그 어떤 훌륭한 작품도 시선을 사로잡지 못한다.

사람과 물건이 해일에 속절없이 떠내려갔던 2011년 동일본 대지진 이후 많은 일본인들의 소유에 대한 가치관이 달라졌다.

지진을 겪으며 집은 풍비박산이 나고, 대지가 한 번 진동하면, 집 안 곳곳에 있던 물건들이 날아와 흉기가 되어 거주자를 위협한다. 모든 사태가 진정되고 난 뒤에도, 파묻힌 물건 더미에서 필요한 생필품을 찾기란 여간 어려운 일이 아니었다.

신변의 위협이 없다면 대문을 걸어 잠글 필요가 없다. 집에 훔쳐갈 만한 물건도 없지만 훔쳐가도 대부분은 크게 대수롭지 않은 것들이다.

화재를 입거나 도둑이 들어도 새로 사면 그만이다. 미련을 가지거나 집착을 하기 시작하면 불안해진다. 자유로울 수 있는 최소한의 전제가 '불안하지 않음'이다.

자유는 어디에도 무엇과도 얽매이지 않는다. 얽매이지 않은 삶은 물건, 사람, 관계, 욕구, 그 어떤 것과도 빚을 지지 않는다.

본래무일물(本來無一物)

"만물은 본래 공이므로 하나도 집착할 것이 없다."

-불교 선종 제6대조인 혜능의 게(偈)에서 유래

2. 비움으로 얻은 깨달음

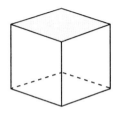

"아름다운 눈을 갖고 싶으면 다른 사람에게서 좋은 점을 보아라. 아름다운 입술을 갖고 싶으면 친절한 말을 하라. 아름다운 자세를 갖고 싶으면 결코 너 자신이 혼자 걷고 있지 않음을 명심해서 걸어라."

영국의 배우였던 오드리 헵번이 한 말로 지금까지도 회자되는 명언이다.

담아내는 그릇이 아무리 아름다워도, 사람들에게 선보일 요리가 볼품없고 맛도 별로라면, 사람들은 그 식당을 두 번 다시 찾지 않는다. 무엇보다 식당은 요리가 근사해야 한다. 사람도 결국 끝까지 남는 건 그 속을 채운 내용물이다.

우리가 불행해지는 이유는 집착과 욕심이다. 성공, 지식, 음식, 사람, 물건, 무엇이 되었건 얻고자 하는 마음이 강할수록 잃는 것에 대한 두려움이 거세진다.

성공이 당신을 불안하게 한다면 성공하고자 하는 욕심을 내려놓아라. 사람이 당신을 집착하게 만든다면 홀로의 시간에 익숙해져라.

김정국은 조선 중기의 학자·문신으로 청복을 누린 군자였다고 한다. 청복은 깨끗한 행복이란 뜻으로, 권력, 재물과 같은 세속적 욕망에 얽매이지 않는 사람만이 누리는 행복이다.

그는 정계에서 축출당해 은휴정이라는 작은 정자를 짓고 학생들을 가르치고 책을 지으며 여유로운 나날들을 보냈는데, 이를 참으로 감사히 여겨, 호를 새로 짓기에 이르렀다고 한다.

토란국과 보리밥을 배불리 넉넉하게 먹고,

부들자리와 따뜻한 온돌에서 잠을 넉넉하게 자고,

땅에서 솟는 맑은 샘물을 넉넉하세 마시고,

서가에 가득한 책을 넉넉하게 보고,

봄날에는 꽃을, 가을에는 달빛을 넉넉하게 감상하고,

새들의 지저귐과 솔바람 소리를 넉넉하게 듣고,

눈 속 핀 매화와 서리 맞은 국화에서 넉넉하게 향기를 맡는다.

한 가지 더, 이 일곱 가지를 넉넉하게 즐기기에 팔여(八餘)라고 했네.

안대회의 《선비답게 산다는 것》에서 인용한 글이다. 김정국이 말하는 여덟 가지 넉넉한 것, 그의 호 '팔여' 다.

진수성찬을 배불리 먹고도 부족하고, 휘황한 난간에 비단 병풍을 치고 잠을 자도 부족한 사람이 있는가 하면, 꽃과 달빛만으로도 차고 넘치게 족한 사람이 있다.

　"가장 적은 것으로도 만족하는 사람이 가장 부유한 사람이다."
　소크라테스의 말이다.

　"진정으로 가난한 사람은 적게 가지고 있는 사람이 아니라, 더 많은 것을 갈망하는 사람이다."
　세네카의 말이다.

　얼마나 더 가졌느냐가 아니라 가진 것을 어떻게 여기느냐가 부유한지 가난한지를 결정하는 더 정확한 요소다.

내가 맛있게 먹은 음식이 누군가에게는 고역 같은 식사가 될 수 있다.

미니멀리즘은 수많은 삶의 방식 가운데 하나다. 채식을 하는 사람이 있고 머리를 자르지 않는 사람이 있듯, 저마다 다른 신념과 가치관으로 살아간다.

내가 좋아하는 것을 계속해서 좋아하고 내가 가치 있다고 믿는 일을 묵묵히 하면 된다.

그의 답도 정답이고 나의 답도 정답이다. 타인의 말 한마디, 한마디에 의미를 부여하기 시작하면, 좋아하는 걸 다 포기하고 회색인이 되는 수밖에 없다.

설득당할 사람이었으면 비난하지도 않는다. 비생산적인 미움은 접어두고 딱 한마디만 떠올리자.

'그럴 수 있다.'

자유를 뒤집으면 도피가 있고, 불안을 뒤집으면 신중함이있다. 시련과 배움이 한 끗 차이고, 안정과 권태도 한 끗 차이다.

어느 한쪽만 보고 과하게 기뻐하거나 자신의 처지를 지나치게 비관하지 않을 수 있는 이유다.

잃어버린 것의 뒷면에는 언제나 얻게 될 새로운 수확이 있다.

법과 공중도덕을 지키는 것은 물건을 많이 소유하지 않는 것과 똑같다. 생활을 편리하게 만드는 물건은 없으면 당장은 불편하다. 하지만 결과적으로 에너지를 아끼고 환경을 보호하며 불편 속에서도 살아갈 수 있는 면역력을 길러준다.

횡단보도에서 신호를 지키는 것은 운전자와 보행자 간의 암묵적 약속이다. 몇 분 아끼자고 생명을 버리는 바보는 없다. 법과 공중도덕은 남들 편하자고 만들어놓은 제도가 아니다. 서로를 위해 지켜야 한다.

눈앞에 닥친 이익만 쫓으려다간 더 큰 불행을 보지 못한다.

광고, 사기꾼, 우정을 가장한 실리주의자들은 자신의 이익을 위해서라면 간, 쓸개 다 빼줄 것처럼 행동한다. 단맛은 치아를 썩게 하듯, 감언(甘言)은 마음을 병들게 한다. 좋은 약은 입에 쓰지만 병에 이롭고, 충언(忠言)은 귀에 거슬리지만 행동에 이롭다. 듣기 좋은 말일수록 우리는 경계해야 한다.

　　물질 만능주의 사회에서는 물건을 파는 자들의 말을 특히나 엄하게 들어야 한다. 단맛에 취해 무심코 집어 삼켰다가 치아가 썩어버릴 수 있다.

물건을 관리하고 물건에 대해 생각하고, 물건을 고르고 찾고 구입하고, 보관하고, 처분하기까지 모든 과정은 시간이다. 물건을 줄이면 남은 건 시간이다. 사랑하는 사람과 보낼 시간, 가치 있는 대화를 나눌 시간, 열정을 품은 일에 몰두할 시간, 이해하고 배려하고 위로하고 기쁨을 나누고 감사를 표현할 더 많은 시간이 모두 내 것이다.

하루 24시간은 누구에게나 공평하게 주어진다. 하지만 그 시간은 어떻게 쓰느냐에 따라 누군가에게는 마감하기 아쉬운 가치 있는 하루가 되기도 하고, 또 다른 누군가에게는 1분이 억겁만 같은 괴로운 하루가 되기도 한다.

'시간이 아깝다'라는 말을 하는 사람은 많이 보았지만, '오늘 하루도 참 알차게 보냈다'라는 말을 버릇처럼 하는 사람은 별로 보지 못했다.

우리가 시간을 쓰는 게 아니라 시간이 우리를 쓰고 있다.

물건에도 기(氣)가 흐른다. 사용하지 않는 물건은 기를 빨아들인다. 지금 당장 주위를 둘러보자. 충동적으로 사놓고 쓰지 않는 물건이 많이 있다. 예뻐서 샀지만 안 어울리는 재킷, 살이 빠지면 입겠다고 보관만 몇 년째인 원피스, 언젠가 쓸 일이 있을 것이라 굳게 믿고 있는 염도 측정기, 지역 행사에서 받은 싸구려 단체 티셔츠, 배달 음식에 딸려온 1회용 식기, 불편해서 신지 않지만 비싸게 주고 사서 아까워 못 버리는 구두, 선물해준 사람의 성의 때문에 보관해온 장식용 목각 인형…. 버리지 못하는 이유를 다 따지면 세상에 버릴 수 있는 물건은 없다.

사용하지 않는 물건은 오도카니 방 한구석을 지키며 무언의 압박을 보낸다. 쏟아질 것 같이 꽉 차서 열기 두려운 붙박이장, 보지 않는 책, 사용하지 않는 운동기구, 입지 않는 옷, 쓰지 않는 접시… 모두 혼이 있고 생명이 있다.

'먼지 쌓여가는 것 보고만 있을 거야? 이거 사느라 쓴 돈을 생각해야지.'

물건이 보내는 무언의 외침이다.

세상에 버릴 수 없는 물건은 없다.

버리지 못하는 자신, 버리고 싶지 않은 자신만이 있다.

'… 없이 살 수 없어.' '… 없는 삶은 상상할 수 없어.'라고 생각해도, 그것은 결코 절대적이지 않다. 없어서 내 삶이 무너질 물건은 단언컨대 한 가지도 없다. 다 버려보았는데 아무 일도 일어나지 않았다.

약간의 불편이 있고, 물건은 이 사소한 불편을 아주 조금 편리하게 채워줄 뿐이다.

갈등한 시간이 무색하게 막상 처분하고 나면 없는 환경에 금세 익숙해진다. 없으면 없는 대로 대체할 물건으로 충분히 살아진다.

'침대 없이 살 수 있을까?' 고민했지만 에라, 모르겠다는 심정으로 그냥 처분했다. 당시 자취하던 집은 좁아서 육중한 가구가 부담스럽게 느껴졌다. 침대를 없애고 난 뒤 한동안 매트리스도 없이 얇은 요를 바닥에 깔고 생활했다. 허리가 아프고 어깨가 배겼다. 그러다 두툼한 라텍스 토퍼를 깔고 자기 시작했다. 딱딱한 바닥에서도 어찌어찌 잤는데 푹신한 토퍼 위에 누우니 천국이 따로 없었다.

일시적 결핍은 작은 변화에도 크게 감사할 수 있는 겸손을 가르쳐준다. 적응이 되니까 허리도 안 아프고 침대와 달리 사용하지 않는 동안 개켜서 장롱에 보관하니 미관상 더 깔끔하다. 침대가 있던 공간도 새롭게 얻었으니 장점이 많다. 개고 펴고를 반복해야 하니 아침에 좀 더 부지런해진 것도 덤이다.

에어컨과 난방이 없어도 여름과 겨울을 지낼 수 있다. 무더운 여름에는 시원한 선풍기 바람을 쐬고, 얼음을 띄운 냉수로 더위를 가뿐히 씻어낸다. 가볍고 통풍이 잘되는 소재의 옷을 입으니 땀도 금방 마르고 불편하지 않다. 겨울에는 옷을 껴입고, 추우면 적당히 춥게 지낸다.

환경이 바뀌면 바뀐 환경에 적응하려는 노력부터 해본다. 낡은 옛 습성을 그대로 유지하려면 환경을 죄다 뜯어고치지 않으면 안 된다. 어느 쪽이든 유효한 방법이나, 후자보다는 전자가 지구에도, 내 가계에도 더 경제적인 건 확실하다.

공자는 "허물이 있다면 버리기를 두려워 말라." 했다.

내게 소중한 사람들에게만 혼신을 다해도 짧은 인생이다. '적'을 만들기가 두려워 주위를 온통 간신배로 채울 것인가? 아군과 적군을 정확하게 구분하는 것만큼 인생에서 중요한 것은 없다.

나의 안목은 대체로 정확하다. 내 마음을 아프게 한 사람치고 내 인생을 풍요롭게 한 사람은 없었다.

생각을 버리는 방법은 의외로 간단하다. 잊으려고 애쓰지 않는 것이다. 무언가가 나를 괴롭게 한다면, 잊으려 하기보다는 직면하는 편이 더 현명한 접근이다.

괴로우면 괴로워해도 괜찮다. 우울하면 마음껏 우울해하고, 후회되면 후회의 종착지까지 쫓아가보라. 마지막까지 다다랐을 때, 의외로 끝은 싱겁기 짝이 없어서, 실소를 금치 못할 것이다.

갑자기 체중이 늘거나 병에 걸린 사람들은 우울증을 앓고 있거나 극심한 스트레스를 받았던 전례가 있다. 육신을 지키고 싶으면 정신부터 돌보아야한다. 마음이 아픈 사람은 건강을 지키는 데 필요한 생활 습관에 소홀하다. 우울을 떨쳐버리기 위해 폭음을 하고 담배를 피우고 되는대로 먹고 불규칙한수면을 취한다.

몸이 아프다면, 건강해지기 위한 마음이 덜 준비된 건 아닐까? 무작정 잘 먹고 잘 자기 위해 안간힘을 쓰기보다 먼저 마음을 튼튼하게 가꾸기 위해 뭘할 수 있을지 생각해보자.

미국의 저술가 P. J. 오루크는 "읽다 죽어도 멋져 보일 책을 항상 읽으라."라고 했다.

내용도 보고 문체도 따지고, 군더더기 없이 한 줄 한 줄 아껴 읽고 싶은 보석 같은 책을 골라라. 그렇게 고른 책은 몇 번을 읽고 또 읽어라. 책은 다시 읽으면 더해진 횟수만큼 새롭게 가르침을 준다. 책 한 권을 여러 번 읽는 것은 단순한 반복 그 이상의 의미가 있다.

처음 읽을 때는 흐름을 파악하고, 두 번째 읽을 때는 지식을 소화하고, 세 번째 읽을 때는 내용을 흡수하고, 네 번째 읽을 때는 작가의 문체를 습득하고, 다섯 번째 읽을 때는 저자의 지혜를 답습한다. 다섯 번 읽으면 책에 관한 어떤 질문에도 막힘없이 대답할 수 있다. 열 번 읽으면 저자와의 대담을 1년간 나눈 것만 한 지식을 쌓을 수 있고, 다섯 번 이상 필사하면 저자의 문체를 몸이 완벽하게 기억하게 된다.

실제로 필자는 외국어를 공부하며 책 한 권의 힘을 깊이 체험했다. 신중하게 고른 한 권을 통째로 암기할 때까지 반복적으로 오랜 기간 본다. 이야기책 한 권을 들고, 소리 내어 낭독하기를 수차례 반복하다보면 책 속 문장을 통해 문법, 어휘, 문장 구조, 화법까지 자연스럽게 익히게 된다. 피부 안으로 스며든 어휘와 표현이 나도 모르게 줄줄 새어 나와 어느새 외국어로 읽고 듣고, 말하고 쓰며 자유자재로 구사하게 된다.

인류가 하루 세끼 식사를 하게 된 역사는 얼마나 될까? 산업 혁명 이후 먹을 게 풍부해지면서 비로소 아침, 점심, 저녁을 구분해 챙겨 먹기 시작했으니 불과 300년도 채 되지 않는다.

그러나 인류는 산업 혁명 훨씬 이전부터 생활해 왔다. 먹을 게 있으면 먹고 떨어지면 굶어야 했다. 인간이 온갖 질병에 시달리는 이유는 너무 많이 먹어서다.

오랜 시간 수렵과 채집으로 살아오며 진화한 인류의 신체는 풍족해진 먹거리와 급박하게 변한 생활 습관을 따라잡지 못하고 있다.

우리도 구석기인들처럼 단순하게 먹어야 한다. 배고프면 먹고 배고픔이 가시면 멈춰야 한다. 이 신호를 무시한 채 하루 '세끼'라는 틀에 갇혀 지내다 보니 늘 과식에 복통을 달고 산다.

'복스럽게 잘 먹어야 보기 좋다'는 옛말이 있다. 그래서 충분히 잘 먹고 있는데도 더 먹으라고 밥을 수북이 담아준다. 그렇게 배가 불러도 계속 밀어 넣는 습관이 학습된 탓에 공복과 허기의 신호에도 둔감해졌다. 입맛이 없어서 깨작거리면 밥알을 센다고 꾸중을 듣기 십상이다. 이런 과거의 전통이 잘못된 식습관을 기른다.

구석기인들은 먹거리 구하기가 힘들어 늘 배고 픔에 시달렸을 것이다. 허기를 면하면 그날은 절반 은 성공한 날이었다. 따라서 몸은 가볍고 언제나 활 동적이었다. 하지만 현대인들은 배가 부를 때까지 먹어야 잘 먹었다고 생각한다.

하루 세끼라는 강박만큼 무서운 것이 공장과 함 께 등장한 각종 가공식품이다.

선사 시대에는 편의점도 마트도 치킨집도 없었 다. 모든 식재료는 자연에서 채취하거나 길러 먹었 다. 농사가 보편화되기 이전에는 사냥에 성공하면 운이 좋은 것이고 그렇지 않으면 열매를 따고 풀을 뜯어 먹으며 연명해야 했다.

우리의 식탁에도 신선한 과일과 채소가 올라가 야 한다. 몸이 소화하지 못해 각종 질병을 유발하는 가공식품과 화학조미료는 멀리하고, 육고기와 생선 을 익혀 먹자. 향신료와 양념의 역사도 그리 길지 않다. 원시적인 양념과 향신료는 고작 마늘 정도다.

세끼 다 먹는다고 건강한 게 아니다. 무엇을 어 떻게 먹느냐가 건강을 결정하는 더 중요한 요소다.

떠벌려놓고 이루지 못하면 신뢰할 수 없는 사람이 된다. 여기저기 광고하고 다닌 '말' 탓에 오히려 흥미와 의지가 금방 바닥나고 만다. 떠벌린 말을 주워 담기 위해 마지못해 하게 되는 상황보다 더 큰 불행은 없다.

자신이 한 말에 책임 의식을 가지자. 묵묵히 할 일을 하고 결과로 말없이 증명하는 사람이 되자. 이루고 싶은 꿈, 하고 싶은 일, 당장은 여건이 되지 않아 못하는 일, 노력해야 이룰 수 있는 일, 모두 수첩에 잘 적어서 마음속에 고이 새겨두자.

이루었을 때 '짠!' 하고 말없이 지켜봐준 동료들에게 선물처럼 공개하자.

성공은 경험과 성장이다. 그런 의미에서 나는 한 번도 실패한 적이 없다. 출전한 공모전에 입상하지 못했을 때도, 몸담았던 동아리에서 마찰이 있었을 때도, 지원한 회사로부터 불합격 통보를 받았을 때도, 장학금 대상에서 제외됐을 때도, 나는 갈등을 통해 관계를 배웠고, 좋은 동료를 만났고, 탈락을 계기로 다음을 기약하며 심기일전할 수 있었다.

　세상에는 공인된 승자와 패자가 있다. 이 기준은 합격의 당락이기도 하고, 업무 실적일 수도 있고, 성적일 때도 있다. 그러나 세리에 A리그에서 우승하지 못했다고 해서 그 축구 선수의 인생이 끝나는 건 아니다. 월드컵도 있고 올림픽도 있고 챔피언스리그도 있다. 또, 축구 선수로 활약하지 못했지만 감독으로 이름을 날리는 사람도 있고, 해설 위원으로 능력을 인정받는 사람도 있다. 각자 잘하는 분야가 다르고, 꽃이 피는 시기도 다르다.

스스로 정한 성공을 기준 삼아 목표를 세우고 '어제의 나'와 치열하게 경쟁해야 한다. 나의 기준은 '성장'이기에 거의 언제나 나는 성공한다. 도전하고 경험하는 이상 나는 매번 성장할 것이고, 항상 성공할 것이다.

성공의 기준은 까르보나라를 좋아하느냐 봉골레를 좋아하느냐의 차이다. 까르보나라를 좋아한다고 해서 틀렸거나 인생을 잘 못 산 게 아니다. "까르보나라가 더 좋고 값진 거야!"라고 세상이 외친다면, 당당하게 "봉골레가 뭐가 어때서!"라고 응수할 수 있는 사람이야말로 진정한 승자다.

과거, 선물이란 값비싸고 귀한 게 제일이라고 생각했다. 희소성이 있으면 좋고 가격도 어느 정도 이상은 돼야 체면이 섰다.

물건을 줄이고 선물에 대한 생각이 많이 바뀌었다. 물건이 아닌 경험을 선물하고, 손으로 쓴 편지와 정성이 깃든 물건을 직접 만들어준다. 선물에 대한 나의 가치관도 적극적으로 표명한다. 물건보다 맛있는 저녁 한 끼를 원한다 하고, 함께 여행을 다녀오자고 권하고, 영화를 보여달라 말한다.

추억을 함께 공유하는 선물을 하기 시작했다. 부모님께는 마사지 쿠폰, 스파나 미용실 이용권, 콘서트 티켓을, 친구들에게는 근사한 한 끼 식사를 대접하거나 그 또는 그녀의 이름으로 기부 선물을 한다. 연극이나 영화 티켓도 좋은 선물이 될 수 있고, 연말과 연초에는 스포츠 센터 회원권을 발급해주는 것도 센스 넘치는 선물이다.

《두 남자의 미니멀 라이프》를 쓴 조슈아 필즈 밀번과 라이언 니커디머스는 미니멀리스트식 선물 주기라는 글에서 경험 선물의 좋은 예제 몇 가지를 추천하고 있다. 집에서 요리한 맛있는 식사, 특별한 행사 초대권, 공개적으로 칭찬하는 글, 목적지 없는 산책, 시간, 관심 등이다. 나는 이 목록에 전시 관람권, 손 편지, 직접 만든 잼, 손수 제작한 향초, 손 그림이 들어간 여행지의 엽서, 직접 장식한 꽃다발을 추가하고 싶다. 물리적인 형체가 있는 선물을 하고 싶다면 쓸 수 있는 소모품이 좋다. 쓸모도 있으면서, 사용이 끝나도 처치 곤란한 골칫덩이가 되지 않는다.

관심사가 뚜렷한 친구라면 잡지 정기 구독을 신청해주는 것도 좋다. 책을 좋아하는 나라면 받고 싶은 선물일 것 같다. 물론 가장 좋아하는 선물은 매일을 기념일처럼 보내는 거지만….

현대인들은 아무것도 하지 않는 시간을 누리지 못한다. 늘 급박한 일과에 쫓기다보니 빈둥거리는 여유를 누릴 새가 없어 어쩌다 시간이 생겨도 여유를 즐기지 못한다.

　지루한 일상, 산더미 같은 일, 교통 체증, 임박함에 쫓겨 서두르는 긴장감, 답답한 사무실, 문서 작업으로 피로해진 눈, 서서 급히 해결한 끼니, 넘쳐나는 이메일 수신함, 쌓여 있는 연락처, 옥죄어오는 월간 매출, 성과 미달, 이어지는 야근과 잔업, 구조 조정, 비용 절감, 마이너스 통장, 험담, 막막한 노후, 영양가 없는 대화, 해소되지 않는 피로, 어깨 결림, 다크서클, 늘어나는 한숨….

　묵직한 단어들로 하루하루를 살아간다. 시간에게 채찍질을 당하고 성과라는 벼랑 끝에서 아슬아슬하게 외줄타기를 한다.

꿈꾸는 미래는 자유다. 하지만 어떻게 될지 모르는 미래 때문에 매 순간을 희생한다면 결국 미래도 지금과 다를 수 없다. 희생당한 현재는 절대 보상받지 못한다. 행복한 오늘이 모여야 행복한 미래가 된다.

게으름을 피우고 빈둥거리는 시간은 버려지는 시간이 아니다. 성장의 시간이자 새로움을 창조할 수 있는 생산의 시간이다. 침묵 속에서 다친 마음을 치유하고, 관계에서 지친 영혼을 정화한다. 나를 지배하던 감정으로부터, 관리해야 할 물건으로부터 자유와 여유를 되찾을 적당한 게으름이 필요하다.

자신의 존재를 요란하게 알리며 등장하는 사람들이 있다. 떠난 자리에 남아 있는 발자국도 요란하다. 그런 사람치고 좋은 인상을 남기는 사람은 없다.

반면, 남의 것도 내 것처럼, 공중화장실도 나의 집처럼 아끼고 소중히 대하는 사람이 있다. 식당에 가면 신발을 벗어 가지런히 정리해놓고 식사 후에는 뒤처리도 깨끗하게 한다.

자신의 물건을 소중히 다루는 사람은, 타인과 함께 사용하는 공간도 그만큼 소중하게 다룬다.

묵언 수행하듯이 입을 꾹 다물고 있을 때가 있다. 말을 하지 않으면 물건의 소유에서 벗어난 자유만큼 해방감이 있다.

우리는 끊임없이 말을 하고 산다. 말하고 먹을 권리가 있듯, 먹지 않고 말하지 않을 권리도 있다. 대부분의 분쟁은 말에서 비롯된다. 관계를 망치기도 하고, 소중한 벗을 잃게도 한다. 세 치 혀가 사람을 죽일 수도 있다. 지나친 말은 허풍과 거짓을 낳는다. 이는 신뢰를 나락으로 떨어뜨리는 지름길이다.

때로는 아무 대답도 하지 않는 것이 최고의 대답이 될 수도 있다. 침묵은 정답으로 가득 차 있다.

때로는 적절한 규제가 나를 더 자유롭게 한다. 규제 안에서는 그 어떤 통제도 신경 쓰지 않을 수 있다. 법이라는 테두리를 벗어나지 않는다면 최대한 이기적으로 개인의 행복을 추구하며 살아도 되듯, 규제라는 장치는 더 많은 자유를 의미한다.

'야식과 술은 하지 않는다.' 가 기본 철칙이다. 한 잔이 두 잔 되고, 두 잔이 만취까지 간다. 처음부터 하지 않는다고 정하면 갈등도 없다.

가계부를 쓰고 지출 내역을 추적하는 일은 내게 또 하나의 업무였다. 그래서 매달 정해놓은 예산 한도 내에서는 자유롭게 쓰자는 규칙을 정했다. 예를 들어, 계절별로 의류비는 20만 원, 식비는 15만 원으로 정해, 가격을 신경 쓰지 않고 소비를 하는 식이다.

매주 3일은 '나와 만나는 날'로 정해, 사전에 일정을 잡는다. 오전 10시 산책, 오후 2시 카페 브런치와 같이 나와의 만남을 위해 시간을 빼놓는다. 캘린더에 공란이 생기면 무의식중에 약속을 잡는 경우가 있다. 과하게 약속을 잡아 피로해지는 일을 방지하기 위한 나만의 규칙이다. 아예 '아무것도 하지 않는 날'을 스케줄로 만들기도 한다.

완벽함이란
더 이상 보탤 것이 없는 상태가 아니라
더 이상 뺄 것이 없는 상태이다.

– 생텍쥐페리

3. 미니멀리즘이 필요한 당신에게

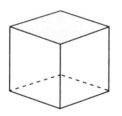

여우가 떠나려는 어린왕자를 붙잡고 말한다.

"어떤 것을 있는 그대로 보고 싶으면
눈이 아닌 마음으로 보아야 해.
가장 중요한 것은 눈에 보이지 않거든."

소중한 것은 만져지지도 않고 눈으로도 볼 수 없다. 물건에 가치가 있다면 물건 자체보다 그 물건을 대하는 태도, 물건과 가지는 애착 관계가 그 가치다.

독일 주간지 〈디 차이트〉의 조사에 따르면, 6000개의 물건을 소유했던 70년대 독일인보다 1만 개의 물건을 소유한 2011년 현재 독일인들의 행복지수가 더 낮았다고 한다.

누가 더 많이 가졌는지 경쟁하고 소유물로 평가받는 삶이 아니라 자신의 가치관으로 세운 방식대로 살고자 하는 욕구가 커지는 건 온당한 시대의 변화다.

《두 남자의 미니멀 라이프》의 저자 조슈아 필즈 밀번과 라이언 니커디머스는 사회에서 말하는 성공의 기준을 모두 달성했다. 20대 후반에 대기업의 높은 직위에 올라 억대 연봉을 받으며 넓은 집, 고급 자동차, 최신 전자 제품을 모두 가지고 있었다. 하지만 그들은 두렵고 불안했으며 빚에 시달렸고, 일상적으로 스트레스, 외로움, 자책감에 시달렸다고 고백한다.

불필요한 것을 없애는 과정은 소중한 것을 발견하게 해준다. 눈으로 평가하는 많은 것들과 일시적 거리를 두면, 눈에 보이지도 손에 잡히지도 않는 더 소중한 가치를 외면하지 않는 안목이 생긴다.

"아프리카에서는 육아에 물건이 필요 없다. 육아도 단 한 장의 천만 있으면 곤란하지 않다고 한다. 가난한 나라일지라도 인간과 인간 사이 강력한 관계맺음이 있고, 커뮤니티가 존재하기에 물건은 없을지라도 사람 손이라면 얼마든지 있다는 것이 이유였다. 어쩌면 우리가 육아에 어려움을 겪는 많은 이유 중 하나는 부족한 금전적 여유가 아닌, 사랑과 관심의 손길일지도 모른다."

《적게 소유하며 살기》의 저자 가네코 유키코의 말이다.

아이들을 낳고 기르는 데 필요한 것은 편리한 육아용품이 아닌, 많은 사람들의 눈과 손인 것이다. 이 간편하고도 외면하기 쉬운 사실을 인지하면, 수만 가지의 육아용품과 육아 서적에 대한 집착을 버릴 수 있다. 육아용품의 풍요로움이 훌륭한 자녀 양육으로 이어지지는 않는다.

《적게 소유하며 살기》의 저자 가네코 유키코는 이렇게도 말했다.

"이는 비단 출산과 육아에 한정된 이야기가 아니다. 대화 없는 가정에 여러 대의 텔레비전이 있고, 석유 한 방울 나지 않는 나라에 이렇게나 많은 차가 있는 것은 우리들의 소중한 무언가와 그 물건들을 바꿨기 때문이다."

사람과 사람 사이 유대 관계를 잃고 그 자리를 물건으로 보충하려고 한다. '필요하니까 사야겠다.'

가끔 쓰는 물건이라면, 안면이 있는 이웃에게, "혹시 OO 있으세요?"라고 말을 건네보라. 내가 가진 물건을 신세 진 이웃과 나눌 수도 있다. 물건과 유대 관계 모두 선순환되는 것이다.

보답을 꼭 돈이나 물건으로 하지 않아도, 빌려준 사람의 부탁을 들어주거나 도움의 손길로 갚을 수도 있다. 물건을 멀리하고 유대 관계를 되찾으면, 관계가 관계를 불러오고, 온기와 풍요가 늘어난다.

　유대 관계란 물건과 달리 귀찮아지고 싫증이 났다고 버리고, 잃어버렸다고 포기할 수 있는 것이 아니기 때문이다.

하루에 현미 네 홉과 된장과 채소를 조금 먹고,

모든 일에 자기의 잇속을 따지지 않고,

잘 보고 듣고 이해하고, 그리고 잊지 않고,

들판의 소나무 숲 그늘 작은 초가 오두막에 살며

동쪽에 아픈 아이가 있으면 찾아가 간호해주고,

서쪽에 지친 어머니가 있으면 찾아가 볏단을 져주고

남쪽에 죽어가는 사람이 있으면 찾아가 두려워 말라 달래고

북쪽에 싸움이나 소송이 일어나면 별것 아니니 그만두라 말리고

가뭄이 들면 눈물을 흘리고, 냉해 든 여름에는 허둥대며 걸으며

모두에게 얼간이라 불리고

칭찬도 받지 못하고 미움도 받지 않는

그런 사람이

나는 되고 싶다.

일본의 시인 미야자와 겐지의 '비에도 지지 않고' 라는 시다.

대단한 사람이고 싶지 않다고 했으나, 아주 작은 주변의 시련조차도 지나치지 않겠다고 한다.

이보다 더 욕심 부리며 사는 인생이 또 어디 있는가.

진정으로 가난한 자는 가진 게 돈밖에 없는 사람이다. 너무도 가난해 보여줄 것이라고는 돈이 전부인 사람들이다.

자신이 얼마나 부유한가를 알고 싶다면, 당신이 흘린 눈물을 몇 명이나 다가와 닦아줄 수 있는지 보라.

수준 높은 인생은 물건에 있지 않다. 삶의 질은 사람이, 사람과 사람이 맺는 관계가, 서로가 서로에게 주고받는 영향력이 결정한다.

진실로 우리 삶에 가장 큰 충만을 가져오는 가치를 이리도 쉽게 외면해버릴 수 있다는 것은 정말이지 미스터리한 모순이다.

어떤 이가 석가모니를 찾아가 호소했다.

"저는 아무것도 가진 게 없는 빈털터리입니다."

그러자 석가모니는 대답했다.

"그렇지 않느니라. 아무리 재산이 없더라도 줄 수 있는 일곱 가지는 누구나 다 있는 것이다."

석가모니는 사람이 베풀 수 있는 일곱 가지를 말해주었다.

"첫째는 얼굴에 화색을 띠고 부드럽고 정다운 얼굴로 남을 대하는 것이요, 둘째는 말로써 얼마든지 베풀 수 있으니 사랑의 말, 칭찬의 말, 위로의 말, 격려의 말, 양보의 말, 부드러운 말이 있고, 셋째는 마음의 문을 열고 따뜻한 마음을 주는 것이다. 넷째는 호의를 담은 눈으로 사람을 보는 것처럼 눈을 베푸는 것이요, 다섯째는 몸으로 때우는 것으로 남의 짐을 들어준다거나 일을 돕는 것이요. 여섯째는 때와 장소에 맞게 자리를 내주어 양보하는 것이고, 일곱째는 굳이 묻지 않고 상대의 마음을 헤아려 알아서 도와주는 것이다."

넘치게 베풀 수 있는 일곱 가지를 우리는 이미 가지고 태어난다.

하나하나 열거하며 매번 감사하기 시작하면 놀랍게도 나는 필요한 것, 가져야 할 것보다 이미 가진 게 훨씬 더 많은 사람임을 깨닫게 된다.

적음에도 감사하게 되었다. 적다는 것은 그만큼 채울 공간이 늘어났음을 의미한다. 빈 공간을 더 풍요로운 가치로 채울 생각을 하면 비어 있음에 더 감사하게 된다.

처음 물건을 줄였을 때는 불편함이 많았다. 하지만 '견딜 만한 불편'이었고, 편하게 안주하려는 강박을 벗자, 의외로 불편은 나를 더 건강하게 만들었다. 추울 때는 춥게 살고 더울 때는 덥게 살고 아프면 수면과 음식으로 병을 다스렸다.

단순하게 산다는 것은 어쩌면 과거로 역행하는 일일지도 모른다. 과거에 난방과 에어컨 없이 살던 시절, 사람들은 혹독한 한파와 무더위를 견뎌냈다.

인간은 충분히 강하다. 단지, 편의라는 독에 취해, 작은 날씨의 변화도 견디고 싶지 않은 사람이 되었을 뿐이다.

밥도 허기를 면할 정도로 먹고 수저를 내려놓아야 건강하듯, 생활도 만복이 될 때까지 필요를 부풀리면 과소비가 일상이 된다. 약간의 공복감도 견디지 못해 늘 한 상 가득 음식을 차리느라 고되듯, 작은 결핍조차도 안락한 삶에 위협이 된다.

몸도 키에 비해 살이 찌면 움직임이 둔해지고 건강에 위기가 오듯, 생활도 물건이 넘치고 비만이 되면 버거워지고 유연성은 떨어진다.

과하게 부풀려진 나의 필요가 쾌적한 생활을 방해하고 있지는 않은가 의심해보아야 한다.

불편과 결핍에 대한 내성은 내게 자유를 준다.

상황과 조건에 휘둘리지 않고 나의 행복과 삶의 균형을 유지할 자유.

불편하지 않을 정도의 결핍.

그 선을 알맞게 찾을 수 있다면 부의 부피로 인해 내 행복을 침해 받을 일도 없다.

물건과 사람에 대한 집착으로부터 자유로워질 때 대면하게 되는 첫 번째가 넘치도록 많은 혼자의 시간이다.

　혼자의 시간 동안 우리는 진실되게 성장한다. 홀로 걷고 멍하니 있고 생각하고 독서하며, 빈 공간과 정체의 시간을 가만히 부유해보자. 작은 일이 영감을 주기도 하고, 번뜩 창의적인 아이디어가 떠오르기도 한다. 걷다 멈춰 서고, 책을 덮고 무의식 저편으로 사라지기도 한다.

　사유는 약간의 외부 자극만으로도 쉽게 무너진다. 텔레비전 소리, 사람과의 접촉, 경청해야 하는 대화, 이는 전부 자극이 된다.

우리는 관계를 통해 성장한다. 그러나 혼자의 시간이 결여된 삶에는 내가 설 자리가 많지 않다.

홀로 해야 좋은 일도 많다. 목적 없는 산책, 덜컹이는 버스를 타고 이동하는 고요한 시간, 문득 떠나는 여행, 사람 없는 카페에 앉아 독서하고 글을 쓰는 늦은 오후….

나를 잃고 방황하는 시간이 길어지는 건, 내가 들어설 자리 없이 타인과 주변에만 관대한 삶을 살고 있기 때문이다.

《모멸감》의 저자 김찬호 교수는 성장과 유대감은 자아 존중감의 두 기둥이라고 했다. 성장의 원료는 배움, 경험, 독서, 여행을 통한 견문 확장이다. 유대감은 타인의 삶에 긍정적으로 기여하면서 형성된다. 우리는 물건을 통해 성장하지도, 관계를 이롭게 다져가지도 않는다. 최신 스마트폰은 우리에게 일시적 만족감을 줄지는 몰라도, 성장과 유대감을 형성하기 위한 필수 조건은 아니다.

　매슬로의 욕구 이론을 보면, 5단계의 정점에 '자아실현 욕구'가 있다. 생존과 안전을 책임져야 할 최소한의 물질이, 더 상위에 있는 동료, 사회적 인정, 자아실현보다 부피가 커진다면, 어딘가에서 이를 지켜보는 매슬로가 혀를 끌끌 찰 것이다.

나는 오래전에 페이스북을 관뒀다. 영양가 있는 콘텐츠보다 검증되지 않은 화제성 포스트와 광고가 더 범람하는 듯해 미련 없이 그만두었다. 쏟아지는 동영상, 기사, 이미지, 글 가운데 무엇을 취사선택해야 할지 고민하는 일도 즐겁지 않았다. 화려해만 보이는 누군가의 삶을 소비하면서 나의 삶을 보잘것없이 여기는 일도 그만두고 싶었다.

나누고 싶은 순간, 기억하고 싶은 생각이나 장소가 있으면 누군가와 공유하고 싶은 마음이 생긴다. 내게 적합한 플랫폼을 한 곳 골라, 사용의 범위를 적절하게 통제해 유용한 매체로서 활약하게 해야 한다. SNS는 관계와 일상을 풍요롭게 하는 하나의 도구일 뿐이다. SNS에 오르기 위한 전리품으로 인생을 살아서는 안 된다.

공유할 자유가 있는 만큼 일상을 지킬 자유도 있다. 공유하지 않을 자유, 차단할 자유, 반응하지 않을 자유도 있다는 말이다.

우리에게는 돈 외에도 중요한 자원이 많다.

자유, 정신적 에너지, 시간, 건강.

이 자원들이 얼마만큼의 사회적 가치가 있는지 돈만큼 명확하게 정의할 수는 없다.

화폐 가치로 환산할 수 있다면 돈 이상으로 가치를 지닌 교환제가 될 것이다.

카페에 앉아 좋아하는 커피를 마시고 글을 쓰고 시간을 보내는 데 드는 비용이 왕복 교통비를 포함해 1만 원 내외라고 하면, 2~3시간의 자유는 1만 원 정도가 되려나.

세상이 값지다고 하는 많은 것들 가운데 내가 가치를 두지 않는 재화와 서비스는 넘쳐난다.

분명한 건 네 가지, 즉 자유, 정신적 에너지, 시간, 건강이 동일한 선상에서 나의 선택과 결정에 개입한다는 점이다. 때때로 돈 이상의 영향력을 발휘해, 나의 시간과 자유를 도적질해 간 돈이 곱게 보이지 않을 때가 더 많다.

사람들은 돈 몇 푼에는 양보 없는 똑 부러지는 태도를 보이면서, 정작 자신의 건강과 시간을 호시탐탐 노리는 일에는 그러지 않는다.

경쟁에 내몰릴 때, 이유 없는 비난으로 괴로울 때, 사랑하는 사람으로부터 버림받았을 때, 이상과 현실의 괴리에 무력함을 느낄 때, 풀리지 않는 대인 관계에 막막할 때, 잘하는 것 하나 없는 자신이 미울 때, 공감 받지 못할 때, 꿈이 좌절됐을 때… 힘든 순간마다 감정은 한없이 소모된다. 당신은 소모된 감정을 어떻게 충전하고 있는가?

스스로의 눈으로 자신의 가치를 볼 수 없을 때, 우리는 다른 것을 통해 그것을 확인하려 한다. 나 또한 자신이 무가치하게 느껴질 때면, 무언가로 나를 채우려고 했다. 마구잡이로 먹어댈 때면 어딘지 모르게 조금씩 채워지는 것 같았고, 누군가 나를 좋아해주면 내가 가치 있는 사람이 된 것 같아서 기뻤다. 돈을 펑펑 쓰고 물건을 이것저것 살 때면, 카트에 채워진 무게만큼 나도 충만해질 것이라 믿었다. 하지만 모든 채움은 끝남과 동시에, 허공으로 흩어졌다.

음식으로 채운 공허함은 복통을 가져왔고, 사람으로 채운 공허함은 관계에 집착하게 했고, 물건으로 채운 공허함은 쓰레기와 빚을 불렀다. 내가 채웠던 것은 전부 '가짜'였다. 밑 빠진 독처럼 채우면 채울수록 배가 더 고팠다. 잠시라도 채우는 일을 멈추면, 불안이 가중되었다.

비우기 시작하면 채워야 할 '진짜'가 보인다. '진짜'는 아무것도 하지 않아도, 내가 완전한 사람일 수 있게 한다. 바래지 않는 정신의 풍요, 행복, 위안만이 남는다.

'왜 이렇게 많은 물건을 버리는 거냐?'고 가족과 친구들이 묻곤 한다. 가득가득 채우는 데만 급급했을 때는 보이지 않던 것들이 하나둘 보이기 시작한다.

앞이 보이지 않고 사는 게 막막하다면, 한번 비워보라. 다 비우고 난 뒤 빈 공간을 채울 어설픈 가짜가 아닌 제대로 된 내용물을 찾아보라.

물건을 사는 이유는 두 가지로 나눌 수 있다.
- 필요와 생존
- 그 밖의 모든 이유

필요와 생존이 이유가 아닌 모든 소비는 이유를
보다 철저히 규명해볼 필요가 있다.
과시와 포장, 타인의 평가, 유행, 세일… 그 무엇
이든 당당하게 밝힐 수 없는 이유로 무언가를 구입
했다면, 이는 당신을 부끄럽게 할 소비다.

"죽음은 인간이 받을 수 있는 축복 중
최고의 축복이다."

– 소크라테스

4. 비우는 사람들

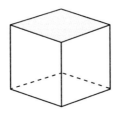

칼 뉴포트 박사는 컴퓨터 공학과 교수라는 직업을 가지고 있음에도 소셜 미디어를 하지 않는다. 그리고 더 많은 사람에게 하지 않을 것을 권한다.

트위터, 인스타그램, 페이스북과 같은 소셜 미디어는 성질이 카지노의 복권 자판기와 비슷하다. 실제로 복권 자판기를 디자인하는 전문가들의 전략을 그대로 소셜 미디어에 차용해 이용 환경을 설계한다.

많은 소셜 미디어 플랫폼은 유저들의 시간과 관심을 끌어당길 방법을 찾는 게 주 업무인 기술자를 고용한다. 이토록 성실하게 중독을 부추기는데 중독되지 않는 게 이상하다.

뉴포트 박사가 소셜 미디어를 하지 않는다는 사실에 사람들은 세 가지 반응을 보인다고 한다.

1. 고립될 것이다.

이 오해에 대해서 그는 다음과 같은 답변을 내놓는다.

"소셜 미디어도 결국 하나의 오락 매체이자 여러 가지 정보 습득의 매체 가운데 하나다. 이는 필수가 아니다. 라디오, 잡지, TV를 통해서도 얼마든지 정보를 얻을 수 있다. 나는 소셜 미디어를 일절 하지 않지만 다양한 오락물을 통해 즐거움을 충분히 만끽한다."

2. 경쟁 사회에서 성공하기 위한 자기 홍보의 수단으로 적극 활용해야 한다.

사람들은 소셜 미디어를 하지 않으면 쓸모 있는 기회를 놓칠 것이라 생각한다. 뉴포트는 자신의 저서 《딥 워크(Deep Work)》에서 이것이 거짓임을 주장한다.

시장에서 승리하기 위해서는 희소가치가 있는 생산물이 필요하다. 쉽게 복제 가능하고 가치가 없는 생산물은 도태된다. 소셜 미디어는 쉽게 복제 가능하고 가치가 낮은 생산물을 제작하기에 용이한 생태계다. 타인이 한 말과 이미지를 공유하고 공감하기 좋은 시스템이지, 무언가 '새로움'을 창조하기에 적합한 플랫폼은 아니라는 것이다. 시장이 당신의 가치를 판가름할 근거는 인스타그램 팔로워 수가 아닌 혁신적이고 창의적인 가치 있는 생산물이다.

3. 단순히 재미를 추구하는 용도이기에 해롭지 않다.

그러나 뉴포트 박사는 소셜 미디어가 아주 유해하다고 반박한다. 소셜 미디어는 앞서 밝힌 바와 같이 매우 중독성 강하게 설계되기 때문이다.

소셜 미디어와 대중 매체의 특성은 즉각적인 반응 체계다. 클릭 한 번으로 수많은 영상, 이미지, 기사에 접근할 수 있다. 깊이 사고해 창의력을 발휘하는 활동과는 거리가 멀다. 몰입하고 집중할 수 있는 능력이 퇴화한다면 나의 사회적 경쟁력도 떨어진다.

소셜 미디어에서 교묘하게 조작된 동료와 타인의 이미지는 개인의 심리 건강에도 영향을 미친다. 철저한 검열과 편집을 거친 타인의 완벽해 보이는 인생은 우리를 외롭게 한다. 조사에 의하면 실제로 스마트폰 유저가 다수 분포되어 있는 2, 30대 사이에서 불안 장애와 공황 장애가 더 빈번하다고 한다.

뉴포트 박사는 여가 시간에 푹신한 가죽 소파에 누워 신문을 보며 라디오로 야구 중계방송 듣는 것을 좋아한다고 한다. 소셜 미디어를 하지 않지만, 여전히 많은 기업과 공공 기관이 그를 찾는다. 소셜 미디어 없이 불안해질 능력과 가치라면, 언제 사라져도 무방한 소모적인 재능이다.

뉴포트 박사의 저서 제목 《So good they can't ignore you》처럼 "너무 잘나서 아무도 무시할 수 없는 상태"가 되면, 소셜 미디어가 아닌 그 어떤 것도 세상이 나를 인정하는 데 장애가 되지 않는다.

27세의 웹 디자이너 폴 밀러는 1년간 인터넷을 완전히 차단했다. 그는 직업적 필요와 편의를 이유로 모든 업무를 컴퓨터와 모바일 기기, 각종 통신 기술을 이용해 진행해왔다.

　밀러는 12세 때부터 인터넷을 사용해온 만큼 통신 기기와 맺은 연이 깊다. '인터넷 단식'을 하기 전 그의 생활은 24시간 무선 인터넷에 연결된 상태였다.

　눈을 뜨자마자 트위터, 페이스북, 인스타그램 등 각종 소셜 미디어에 접속해 지인들의 근황을 확인하고, 업무 관련 메일부터 사적인 연락까지 확인하고, 웹상에 올라온 갖은 정보와 기사를 소비하며, 스스로를 쉬지 않고 연결했다. 한 번도 심심할 새가 없었으나 웬일인지 가족과의 시간은 짬을 내기가 쉽지 않았다.

밀러는 평소 관심 있던 학문을 공부하기 위해 독서하는 시간을 벌고자 약 1년간 모든 소셜 미디어와 인터넷 환경과의 완전한 차단을 선언했다. 그의 생활은 인터넷과 스마트폰 출현 이전으로 회귀했다. 인터넷도, 업무와 일상을 편리하게 보조하던 스마트폰 애플리케이션도, 이메일도, SNS도 당분간은 없었다.

그의 생활은 서서히 그러나 크게 변하기 시작했다. 일정과 약속은 전화로 잡아야 했고, 직접 겪어야 할 불편과 주변 지인들의 불만을 감내해야 했다. 하지만 힘겹게 약속을 잡은 만큼 양질의 시간을 보내려는 노력을 쏟을 수 있었고, 관계는 더 긴밀해졌다. '심심한 시간'이 늘어났고, 덕분에 멀리 사는 친척집을 방문해 1년에 한 번도 잘 보지 않던 조카의 사랑스러운 재롱을 볼 수 있었다. 이 실험이 아니었으면 허용되지 않았을 낙이다. 온라인과 단절된 순간, 그는 소외되지 않기 위해 직접 발로 뛰어 사람들을 향해 손을 뻗었다.

우리는 24시간 보이지 않는 허공의 작은 레이더에 연결되어 있다. 수많은 정보가 흘러들어오고, 수천, 수만 명의 사람들과 단 몇 초 안에 연결될 수 있다. 그러나 아이러니하게도 전보다 더 외로워지고 있다.

도미닉 스튤러는 3년 전 한 가지 깨달음을 얻고 300권에 달하는 책을 17권으로 줄였다. 그는 자신의 인생이 어딘가 잘 풀리지 않는다고 생각했고, 상황을 타개할 변화가 절실했다. 그때 눈에 들어온 것이 지저분한 책상과 몇 백 권의 책, 서류 뭉치들로 뒤덮인 업무 공간이었다.

그는 모든 문서와 도서를 전자화된 형태로 읽기 시작했다. 태블릿 PC와 노트북, 휴대폰을 활용했다. 더 이상 필요한 정보를 찾을 때 시간을 허비하지 않는다. '검색' 기능으로 필요한 모든 문건을 몇 초 안에 찾아낸다. 책상과 서랍을 엉망으로 헤집어 놓지 않아도 된다.

처분한 책들이 계기가 되어 물건도 다운사이징을 했다. 주거 공간을 없애고, 이동하며 그때그때 사무 공간을 창조한다. 베를린의 한 커피숍이 사무실이 되기도 하고, 동남아시아를 항해하는 요트 위가 그의 일터가 되기도 한다.

그는 이전보다 효율적으로 일을 처리할 수 있게 되었다. 미팅이나 거래도 날짜별로 시간에 맞춰 알람이 온다. 알람이 울리지 않는 모든 일에는 신경을 끄고 자유를 누린다.

종이는 글자가 쓰여 있거나 활자가 인쇄된 바탕에 불과하다. 우리는 활자를 소화하고 글자 속 의미를 머릿속으로 상상하며 지식을 습득한다. 그러나 지식은 어떤 형태로든 흡수가 가능하다. 반드시 전통적인 '종이' 매체로 소비해야 할 이유가 없다.

머리맡에 스케줄표가 붙어 있으면 쉬는 날에도 스케줄표가 신경 쓰이기 마련이다. 종이는 읽고 없애지 않는 한, 지속적으로 관심을 요구한다. 필요한 것을 골라 쓰고 또 바로 버릴 수 있을 만큼 지식은 유동적이어야 하는데, 종이 매체는 유동성이 떨어진다.

우리가 책을 읽는 시간은 실질적으로 길지 않다. 집중해서 읽어도 한 번에 3시간이다. 따라서 종이 책은 읽히는 시간보다 책장에 보관되는 시간이 더 길다. 책이란 '필요' 보다 '욕구' 를 기반으로 한 물질이기에 칫솔과 안경처럼 습관적으로 빈번하게 쓰지 않는다.

책을 하나의 소모품으로 취급하면, 어떤 모양을 하건, 모두 다 같은 읽을거리다. 먹어치운다고 생각하면, 다 먹고 난 후 뒤처리도 잊지 않게 된다.

그린피스 보고서에 의하면 독일은 과거 1950년에 비해 2006년도에는 약 8배 이상 많은 종이를 소비했다고 한다.

정보와 지식에 대한 접근이 보다 용이해진 시대다. 따라서 그만큼 출력해 보관해야 할 문서도 늘어났다.

출력해 보관하는 행위는 정보를 영구 소장하고 싶은 욕구에서 기인한다. 물적 형태를 소유하고 있으면 지식을 더 오래 보관할 수 있다고 믿는 심리다.

하지만 책을 덮고, 종이를 분리수거해도, 지식은 어디에 가지 않는다. 어떤 매체를 사용해 읽었든, 제대로 읽었다면 똑같이 내 안에 쌓인다.

《두 남자의 미니멀 라이프》의 공동 저자 조슈아 필즈 밀번과 라이언 니커디머스는 같은 회사 동료이자 오랜 친구다. 라이언은 먼저 회사를 그만둔 조슈아에게 회사를 나오기 직전 물었다고 한다.

"대체 뭐 때문에 그렇게 행복하냐?"

라이언은 눈에 띄게 낯빛이 좋아진 조슈아의 변화가 궁금했다.

그때 조슈아는 라이언에게 미니멀리즘을 소개했다. 쓰지 않는 물건을 처분하고 삶을 간소화하면서 중요한 것을 발견한 자신의 경험을 이야기했다.

라이언은 미니멀리스트가 되기로 결심했다. 하지만 서서히 물건을 줄여갈 인내심이 없었다. 빠른 결과를 눈앞에서 확인하고 싶었던 그가 고안한 방법이 바로 '짐 싸기 파티'다.

'짐 싸기 파티'는 이사를 가는데 짐을 쌀 시간이 하루밖에 없다는 가정에서 시작한다.

먼저, 소유한 모든 물건을 이삿짐 싸듯, 상자에 포장한다. 옷, 조리 도구, 욕실용품, 전자 제품, 가구, 사진첩까지 모조리. 그리고 다가올 3주 동안 필요한 물건부터 하나씩 꺼낸다. 아마 칫솔, 치약, 속옷, 헤어드라이어부터 꺼내야 할 것이다. 3주가 지난 후에도 선택되지 못한 물건은 상자째 그대로 분리수거를 하거나 기부를 하거나 처분하면 파티는 끝난다.

소지품의 8할 이상이 상자에 그대로 있었다고 라이언은 고백한다. 필요한 것은 20%도 채 안 되었다. 상자 안에 뭐가 들었는지 기억도 나지 않는다고 했다. 자신의 행복을 책임지리라 믿었던 상자 속 많은 물건들은 이렇다 할 역할조차 불분명했다.

데이비드 브루노는 자신의 소유물을 100가지로 줄이는 결정을 단행했다. 100이라는 숫자는 시사하는 바가 남다르다. 작지도 크지도 않은 숫자지만, 우리가 가진 소유물을 100개 이하로 간추리라고 하면 선뜻 엄두가 나지 않는다.

100이라는 숫자에 맞춰 선택하고 추리기 위해서는 보다 과감하고 냉정해져야 한다. 없으면 당장 곤란해질 필수품만 엄선한다. 입을 옷, 먹을 음식, 잘 때 깔고 덮을 요와 이불, 마실 물, 한두 가지 가구와 책 몇 권을 더하면 벌써 50여 가지를 훌쩍 넘어선다.

요지는 100이라는 숫자가 아니다. 가진 물건을 하나하나 나열하고 명명해, 용도를 밝힐 수 있느냐다. 소유하는 이유가 명백한 물건들로 살아가느냐를 되묻는 데 주안점이 있다.

100가지가 과한 처사 같다는 생각이 든다면 앤드류 하이드의 이야기를 보자. 그는 소유물을 15가지로 줄여 75개국을 유랑한 청년이다.

그들의 도전은 나의 소유를 재고해보게 한다. 자신에게 정말 필요하고, 가치 있는 물건은 무엇인가?

로렌 싱어가 지난 3년간 모은 쓰레기는 500ml 용량의 작은 유리병에 모두 들어간다. 상당수는 약품 처리되어 재활용이 안 되는 영수증 종이 혹은 껌 포장지다.

　　뉴욕 시립대 환경학과 재학 당시 4학년 수업을 듣던 싱어는, 매 수업마다 플라스틱 용기, 플라스틱 물병, 플라스틱 포크 등 온통 플라스틱으로 포장되고 만들어진 식품과 물건을 사용하며 아무렇지 않게 버리는 동기의 모습을 보고 크게 속이 상했다. 그러다 문득 자신의 생활을 돌아보니, 자신 또한 그녀와 다르지 않았다. 플라스틱에 포장된 음식과 물건을 일상적으로 사용하고 있었다.

　　"플라스틱을 없애는 일은 쉽지 않다. 일상적으로 하는 모든 일이 곧 플라스틱이다. 아침에 일어나 플라스틱으로 만들어진 칫솔로 양치를 하고, 플라스틱 용기에 담긴 샴푸와 로션을 쓰고, 플라스틱 용기에 담긴 플라스틱 콘택트렌즈를 낀다. 플라스틱 용기로부터 벗어나기 위해서는 사용하는 모든 제품을 직접 만들어 써야 한다."

그녀는 인터넷으로 몇 가지 조사를 하다, '제로 웨이스트 라이프 스타일'을 접하게 되었다. 플라스틱 사용을 지양하는 것만으로 충분히 환경에 기여를 한다고 생각했던 그녀에게 쓰레기 배출을 '제로(0)'로 하는 생활 방식은 생소하지만 신선한 자극이었다.

싱어는 환경을 보호하기 위해 시작한 쓰레기 없는 삶이 결과적으로 더 많은 개인적 혜택으로 이어졌다고 말한다. 쓰레기를 줄이기 위한 시도는 가진 물건 전반으로 확장되었고, 자연스럽게 가진 물건을 잘 관리하고 사는 공간을 정갈하게 유지하게 되었다. 비닐 포장이 되어 있는 가공식품을 멀리하게 되자, 신선한 채소와 과일로 직접 요리해 먹을 수 있었고, 무언가를 충동적으로 사거나 과소비하지 않으니, 경제적 사정도 전보다 나아졌다고 한다.

장바구니, 텀블러, 손수건은 작고 가벼워 짐스럽지 않다. 커피숍은 개인 컵을 소지한 손님에게 음료값을 할인해주기까지 한다. 쓰레기도 돈이다. 종량제 봉투는 가격이 저렴하지 않다. 내다 버리는 쓰레기만큼 금전적으로 책임을 묻는다.

2012년 11월 24일부터 2016년 3월 25일까지 KBS 2TV에서 방영된 〈인간의 조건〉은 출연진들이 매주 한 가지 독특한 도전 과제를 수행하는 콘셉트의 예능 프로그램이다. 당시 정규 편성을 받고 선택한 첫 방송 주제가 '쓰레기 없이 살기'였다. 촬영 중이라는 사실을 알면서도 출연진들은 습관적으로 일회용품을 사용했다. 뒤늦게 자각하고 '아차' 하고 탄식하는 장면이 몇 번이나 화면에 잡혔다. 일회용품을 줄이기 위해 에코백과 텀블러를 생활화하고 신박한 재활용 아이템을 고안하기도 했지만, 그 와중에도 후배가 건넨 일회용 종이컵에 담긴 녹차는 일말의 의심조차 하지 않고 호로록 마셔버렸다. 코믹한 연출로 재미있게 풀어갔지만 나는 이 방송을 보고 많은 생각이 들었다.

　　마트에서 구입한 식자재, 슈퍼에서 산 모든 음식과 생필품은 플라스틱 용기에 들어 있거나 비닐 포장이 되어 있다. 전부 한 번 쓰고 바로 버려질 운명이다.

누구나 아침에 옷장을 뒤지며 전쟁을 치른 경험이 있을 것이다. 이 옷, 저 옷 입어보지만 어딘지 모르게 어색한 자신의 모습에 다른 것으로 바꿔 입어본다. 이건 어깨가 넓어 보이고, 이건 얼굴색이 칙칙해 보이고, 이건 다리가 짧아 보이고… 온통 단점을 부각시키는 옷들뿐이다. '역시 무난한 걸로 입자'라는 생각을 해보지만, 아차, 어제도 입었던 옷이다. 결국 시간에 쫓겨 처음에 입었던 어깨가 넓어 보이는 옷을 입고, 출근 시간에 아슬아슬하게 집을 나선다. 하루 종일 태평양 같은 어깨를 부각시키는 옷 탓에 회사에서도 신경이 쓰이고, 동료들과 식사를 할 때도 왠지 모르게 자신감이 없어진다. 우울해진 기분으로 집에 돌아와 쏟아질 것 같은 옷장을 앞에 두고, 이렇게 옷이 많은데 정작 입을 옷 한 벌이 없는 거냐며 또 새 옷을 사기 위해 쇼핑을 결심한다.

캡슐옷장 프로젝트라고 불리는 이 활동은 '캡슐처럼 작은 옷장을 만들자'는 취지에서 시작됐다. 선택지는 좁히되 양 대신 질을 높여 작아도 구성이 알찬 나만의 옷장을 완성하기 위한 프로젝트다. 캡슐옷장을 진행하는 동안 참가자는 33가지 아이템으로 3달 동안 지내야 한다. 옷, 가방, 액세서리, 신발을 포함해 물품을 딱 33가지로 제한해 줄여야 한다. 속옷이나 항상 지니고 있는 결혼반지, 집에서 입는 옷, 운동복, 잠옷 등은 포함하지 않는 식으로 나름대로 탄력적으로 규칙을 적용할 수 있다.

3달이면 얼추 한 계절이다. 한 계절 동안 33가지 아이템이면 사실 적지 않은 가짓수다. 2주간 매일같이 코디를 달리 해도 옷이 남는다.

프로젝트 333의 창시자인 코트니 카버는 직장 생활을 하는 동안 프로젝트를 몸소 실천했다. 그녀는 프로젝트를 진행하는 3달 동안 그 누구도 자신이 특별한 미션 중이라는 사실을 알아차리지 못했다고 말한다. 그 대신, 필요한 옷을 빠르게 찾아, 어울리는 스타일을 내기는 더 편리해졌다. 아무도 눈치 채지 못했지만 그녀의 아침은 명백하게 변해 있었다.

33가지 아이템으로 옷을 한정해야 하니, 좋아하는 옷과 반드시 입을 옷만 선택하게 된다. 목둘레나 어깨가 파인 옷을 좋아하는지, 밝은 톤을 좋아하는지, 박시한 핏을 즐기는지와 같이 자주 입고, 자신의 신체적 장점을 돋보이게 해주는 실루엣과 색감이 무엇인지도 알게 된다.

미국 작가 제니퍼 스콧이 공부를 하러 파리에 갔을 때였다. 그녀를 맞이한 호스트 부부는 잘 차려입었고, 안내받은 방도 깔끔한 부부의 옷차림만큼이나 정돈되어 있었다.

램프와 커튼의 색상은 톤이 비슷해 편안함을 주었고, 방 안에서 보이는 뷰도 완벽했다. 처음에 그녀는 손님을 맞이하기 위해 부부가 방을 정돈하고 옷을 차려입었다고 생각했다. 하지만 파리에 머무는 동안 마주친 프랑스 사람들 대부분이 그녀의 호스트 부부와 같이 스타일이 좋고, 차림새가 깔끔했다.

호스트 부부가 소개해준 방에 머물면서 옷을 정리하려고 옷장을 열었을 때 그녀는 깜짝 놀랐다. 옷장에는 고작 10개의 옷걸이만 걸려 있었고, 게다가 옷장은 일반적인 옷장이 아닌 호텔에서나 볼법한 아르무아(armoire: 전통 프랑스 스타일의 작은 발이 달린 이동식 옷장)였다.

제니퍼 스콧은 '프로젝트 333' 보다 더 극단적인 제안을 한다. 옷걸이가 10개뿐이지만 품위를 잃지 않는 멋스러운 프랑스 사람들을 본받아 옷장의 아이템을 10가지로 만들자는 것이다.

　사이즈가 잘 맞는가, 나이에 어울리는가, 입었을 때 편안하고 자신감을 주는가, 활용도가 높은가, 관리가 쉬운가… 까다로운 선별 과정을 통해 남은 옷들로만 옷장을 채우는 것이다.

제니퍼 스콧이 말하는 10가지 아이템의 예시다. 계절은 가을이다.

여자의 경우: 슬랙스 1벌, 청바지 2벌, 원피스 3벌, 블라우스 4벌

남자의 경우: 셔츠 7벌, 바지 3벌

옷을 잘 입기 위해서, 옷 고르는 고민을 덜기 위해서, 사람들은 선택지가 더 풍부해져야 한다고 생각한다. 하지만 더 중요한 건 스스로가 스트레스 없이 감당할 수 있는 옷장의 규모를 아는 것이다. 필요한 옷을 바로 찾아낼 수 있고, 옷 고르는 시간이 즐거워지는 그런 옷장이다.

밴쿠버에 사는 18살 앤 마코신스키는 올해 대학교에 들어가는 신입생이다. 그녀는 생애 첫 휴대폰을 18살이 된 지금으로부터 약 4개월 전에 가지게 되었다. 그녀의 첫 휴대폰은 터치도 안 되고 인터넷도 연결되지 않는, 문자와 전화만 가능한 '폴더폰'이었다.

그녀의 성장 환경은 조금 독특했다. 부모님은 엑스박스, Wii, 닌텐도와 같은 게임기 대신 글루 건을 딸의 손에 쥐어줬다.

휴대폰 없는 생활을 상상할 수 있는가? 게다가 한창 휴대폰을 활발하게 쓰는 십대에게?

앤 마코신스키는 아이들에게 장난감을 사주지 말라고 한다. 장난감 대신 상상할 수 있는 공간을 선물하라고 한다. 직접 놀잇감을 창조하는 상상할 수 있는 아이로 성장하게 하라고 말한다. 장난감을 만드는 과정에서 아이와 놀이는 특별한 관계를 형성한다. 스마트폰도 장난감도 없었지만 마코신스키는 누구보다 즐거운 유년기를 보냈다. 놀잇감을 만드는 과정에서 타인과 가진 것을 나누고 경험을 공유하는 법도 배웠다. 전기가 없어 학교를 다니지 못하는 친구의 이야기를 듣고 손의 열에너지를 이용한 손전등을 발명하기도 했다. '놀기 위한' 발명에서 '도움을 주는' 발명으로 선한 고리가 생겨났다. 매일 스마트폰만 보고 살았다면 그녀는 '꼬마 발명가'가 될 수 있었을까?

EBS 다큐멘터리 시리즈 〈하나뿐인 지구〉 중 "미니멀 육아 장난감 없이 살아보기"를 보면, 집에 산더미처럼 장난감이 쌓여 있음에도 또 장난감을 사달라고 조르는 아이의 모습이 나온다. 떼를 써서 얻어낸 장난감은 이내 관심에서 멀어진다. 그렇게 버려진 장난감은 매년 240만 톤에 육박한다고 한다.

다섯 살 우주는 장난감이 없어진 방을 보고도 놀라지 않는다. 엄마의 우려와 달리 스스로 놀이를 찾아서 잘 논다. "장난감이 없어서 심심하지 않니?"라고 묻는 제작진에게 "책 보고 놀면 되지."라며 태연하게 답까지 한다. 장난감 대신 풍선과 막대기로 엄마와 함께할 놀이를 만들었다. 여섯 살 주원이는 장난감 대신 직접 퀴즈를 만들었다. 장난감이 없으면 큰일이라도 날 것처럼 호들갑을 떤 것은 어른뿐이었다.

덤불에서 자란 야생 열매를 먹는 곰은 열매에 대한 대가를 지불하지 않는다. 덤불이 대뜸 "먹었으니까 계산하고 가!"라고 말하지 않는다. 12년째 돈 없이 살고 있는 다니엘 술로는 이처럼 자연의 섭리대로 살고 싶다고 말한다. 야생이 주는 대가 없는 자원과 기꺼이 사랑을 나누고자 하는 사람들의 도움으로 술로는 살아간다.

다니엘 술로의 이야기는 우리에게 하나의 가능성을 보여준다. 그의 행보는 다소 극단적일 수도 있지만, 어찌 되었건 돈 없는 삶이 불가능하지 않다는 점을 산증인이 되어 보여주고 있다.

하루 일용할 식량과 좋아하는 취미 활동에 필요한 최소한의 비용과 사는 곳만 해결된다면, 남은 행복은 우리 스스로가 해결해야 할 몫이다.

사람들이 돈의 액수에 집착하는 이유는 그것이 안락한 삶을 보장해주기 때문이 아니라, 누군가와 비교해 뒤처진다는 평을 듣고 싶지 않아서다. 나의 생명과 안위를 기준으로 상정한다면, 일정 금액 이상의 돈은 무의미하다.

"덜 사고 잘 골라라."

– 비비안 웨스트우드

5. 물건을 선택하는 기준

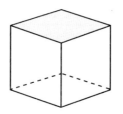

수작업으로 만들어진 물건은 한 땀, 한 땀, 만든 이의 노력과 정성이 깃들어 있기에 쓰면 쓸수록 세월의 멋을 입는다.

플라스틱이나 화학 섬유로 만들어진 옷과 물건은 쉽게 지겨워지고 금세 망가져버린다. 그 결과 다시 사야 하는 성가심과 낭비의 악순환을 되풀이한다.

천연 가죽, 캐시미어, 순면, 대리석, 원목과 같은 소재는 구매할 때 값을 더 지불하더라도 평생 쓸 수 있기 때문에 장기적으로 보면 더 경제적이다. 수제품은 값이 비싼 편이지만 대량 생산된 공산품과는 품질부터 디자인까지 비교할 수가 없다.

브랜드가 없거나 브랜드가 유명하지 않더라도, 소재가 좋고, 꼼꼼하게 만들어졌다면, 다시 한 번 잘 살펴보자. 브랜드의 장막을 벗겨내면, 더 많은 양품의 세계가 열린다.

잔재주가 많으면 그만큼 에너지 소모도 빠르다. 물건뿐만 아니라 사람도 한 번에 한 가지 업무에 충실해야 한다. 그래야 업무 효율도, 성과의 질도 높다. 밥을 먹으면서 텔레비전을 보거나 공부를 하면서 문자를 확인하거나 전화를 받으면서 숙제를 하는 멀티태스킹으로 낼 수 있는 성과는 한정적이다.

전자 제품은 기본 기능에 충실한 제품이 좋다. 휴대폰은 통신 상태가 원활하고 인터넷 연결이 잘 되어야 한다. 쓸데없이 안테나가 달려 있다거나 펜이 필요한 제품은 이미 심플함과는 거리가 멀다. 식당도 한 가지 메뉴만 고집하는 우직한 식당이 있다. 그 메뉴만큼은 어느 집보다 잘한다는 자신감이다. 카메라는 사진이 잘 찍혀야 하고 세탁기는 세탁이 잘 되어야 한다. 물건은 본래 만들어진 고유의 기능에 충실해야 한다.

화려하고 장식이 많으면 일시적으로 이목을 끈다. 그러나 오래 보고 싶으면 단순해야 한다.

잡다한 장식이 많은 가구는 이사 갈 때마다 바뀐 인테리어에 어울리지 않아 애물단지가 된다. 트랜디한 옷은 유행의 물살이 빠지면 촌스러워진다.

색깔과 디자인이 수수한 가구나 그릇은 어떤 배경과도 조화를 이루고 어떤 음식이든 맛깔나게 담아낸다. 기본에 충실한 스웨터는 다양한 종류의 옷과 신발을 소화하고, 오래 가지고 있어도 싫증이 나지 않는다.

토스트기는 빵 부스러기를 매번 털지 않으면 굳어서 청소가 난감해진다. 입구가 좁은 잔이나 용기는 설거지가 용이하지 않다. 안이 보이지 않는 수납함은 얼마나 남았는지를 파악할 수 없어, 정리를 규칙적으로 하기가 어렵다.

반질반질 윤이 나는 상태로 만들어놓으면 계속 닦고 애지중지하게 된다. 하지만 쉽게 먼지가 끼고 때가 빠지지 않는 물건은 닦아도 티가 안 나서 관리할 의욕이 생기지 않는다. 깨진 유리창의 법칙처럼, 지저분한 공간을 방치하면 점점 더 엉망이 되어 건물 전체가 망가진다.

대형 마트에 가거나 온라인으로 장을 보면 특가 상품이 많다. 두 개 사면 싸게 주고, 묶음으로 사면 배송료를 절감해준다.

진짜 절약은 한 개로 충분한 물건은 한 개만 사는 것이다. 두 개를 싸게 샀더라도 한 개보다 비싸다면, 결국 쓰지 않아도 될 돈을 쓴 것이니 명백한 낭비다.

스테인리스, 유리, 실리콘은 수명이 길어 영구적으로 사용할 수있다. 시간이 지나면 변색되고 냄새가 나, 번번이 교체해야 하는 플라스틱, 비닐에 비해 배출되는 쓰레기도, 감당해야 할 지출도 미니멀하다.

내가 소유한 물건에 작든 크든 환경을 생각하는 마음이 담겨 있다면, 그 선택은 십중팔구 물건을 둘에서 하나로 줄여주고 내 삶과 생활의 질을 높여준다.

반으로 접는 선글라스, 접이식 의자, 돌돌 말아 주머니에 넣을 수 있는 가방.

작고 얇고 가벼워 이동과 수납이 용이한 물건.

모두 훌륭한 세일즈 포인트다.

얼마 전에 본가 집을 정리하며 서랍장을 무심코 열었다가 깜짝 놀랐다. 서랍 속에는 수십 종류의 라이터와 길거리에서 받은 광고용 포스트잇이 무더기로 있었다. 포장도 뜯지 않은 공짜 포스트잇을 어머니는 잔뜩 모아두었다. 몇몇은 오래되어 종이 색이 다 바랬을 정도였다.

'공짜'는 마법 같다. 쓰레기에도 '공짜' 푯말을 붙여놓으면 누구든 집에 가져다 모셔놓는다.

아직 쓸 만한 라이터와 포스트잇 새것 몇 개만 남기고 다 버렸다. 부모님은 지금껏 라이터와 포스트잇이 어디 있는지도 모르고 찾지도 않으신다.

"모든 정리의 기본은 비움이고,
그 시작은 버림이다."

— 《조그맣게 살 거야》 중에서

6. 실전 미니멀리즘

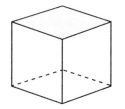

프랑스 수필가 도미니크 로로의 《심플하게 산다》를 보면 청소에 대한 철학이 나온다. 청소도 하나의 의식처럼 몸가짐과 마음가짐을 바로잡고 해야 한다. 청소는 일과가 아니라 마음을 청소하는 하나의 리추얼(Ritual), 즉 '의식'이다.

물건이 줄고 청소가 눈에 띄게 수월해졌음을 느낀다. 쉬워지니, 자주 하게 되고, 자주 하니 늘 집이 반짝이고, 깨끗한 집이 좋아서 계속하게 되니, 자꾸만 더 하고 싶어진다.

청소가 기다려지는 하루 일과가 되어버렸다. 마음을 가지런히 하는 데 이만한 일감이 없다.

내가 집의 청결을 유지하는 비결은 하나, 청소하기 편한 환경이다. 바닥에는 기본적으로 물건을 두지 않는다. 그래야 청소가 거추장스럽지 않다.

　청소는 동작 하나로 끝나야 한다. 물건을 치우고 바닥을 닦고 물건을 원위치로 돌려놓는 이중, 삼중의 동선은 청소를 성가시게 한다.

　물건 수납도 동선이 과하지 않아야 한다. 뚜껑 없는 바구니, 스탠드형 옷걸이는 무심하게 대충 던져놓는 것만으로 수납과 정리가 끝난다. 문짝이 달려 있고 열쇠가 필요하고, 서랍 안에 서랍이 있는 수납 소품과 가구는 정리 못하는 사람이라면 반드시 기피해야 한다.

　정리가 귀찮고 청소가 특기가 아니라면, 청소와 정리가 부담스럽지 않은 환경을 만들어야 한다.

화장실을 예로 들어보자. 화장실 청소는 꽤나 까다롭다. 찌든 물때는 어지간해서는 잘 지워지지 않는다. 베이킹 소다, 식초, 온갖 화학 세제와 천연 세제를 동원해 소매를 걷어붙이고 구슬땀을 흘려야 한다. 오물이 묻은 변기, 샴푸 찌꺼기와 머리카락이 뒤엉킨 배수구는 악취를 풍겨 피할 수만 있다면 피하고 싶다.

하지만 화장실 청소는 사용 후 따뜻한 물로 뒤처리만 한 번 해주면 의외로 손쉽게 청결함이 유지된다. 물때를 오래 방치하기에 애물단지가 된다.

매일 비질과 걸레질을 하면, 하루 10분이면 새집과 같은 광택을 낸다. 미루기 시작하면 10분이면 될 가벼운 청소가 큰마음 먹어야 할 노동이 된다.

식사를 준비하는 동시에 뒷정리를 하면, 투덜거리며 설거짓거리를 흘겨볼 이유도 없다.

오래된 음식물을 냉장고 안에 그대로 방치하는 사람이라면, 자신의 생활을 돌보는 사람과는 거리가 멀다. 기름때가 낀 가스레인지와 곰팡이가 핀 화장실은 관리 소홀을 여실히 보여준다.

욕실과 부엌은 하루라도 청소를 게을리하면 바로 티가 난다. 찌든 때와 악취의 위험에 늘 노출된 구역이기 때문이다.

욕실 바닥은 물기 없이 항상 건조를 유지하도록 한다. 슬리퍼도 놓지 않고, 샴푸와 로션 같은 욕실 용품도 꺼내놓지 않는다.

비누 찌꺼기가 고이지 않게 비누는 홀더에 거치하고, 샤워나 세안 후에는 항시 거울과 욕실 바닥, 세면대를 세제로 닦고 물로 헹군다.

매일 일상적으로 아주 짧은 시간만 투자하면, 큰 힘 들이지 않고도 반짝이는 욕실을 유지할 수 있다.

많은 학생들이 집에서 공부가 안 돼서 독서실이나 도서관을 간다. 왜 카페나 독서실, 도서관에서는 공부가 잘될까?

기본적으로 공적 공간은 장소의 기능을 대변하는 최소한의 물건 외에는 아무것도 없다. 도서관은 서가 외엔 책상과 의자가, 카페는 테이블과 안락한 앉을 자리가 전부다.

집도 도서관처럼 공부가 잘되는 환경으로 만들려면, 지금 당장 내가 몰입해야 하는 대상만 남기고 나머지는 전부 치워버리자. 집중력을 분산하는 외부 자극을 전부 눈앞에서 치워버리자. 공간에 물건이 적으면 다양한 용도로 변경이 가능하다. 주거 공간이 작업실로 거듭나기도 한다.

하나를 산다는 것은 다른 하나를 뺀다는 것을 전제로 한다.

'홀라'라는 카드 게임을 하다 보면, '버릴 게 없다'는 말을 종종 한다. 한 장을 가져가고 한 장을 버리는 게 홀라 게임의 룰인데, 모든 패가 다 쓸모 있어서 버릴 게 없다고 말하는 것이다. 이처럼 버릴 것이 하나도 없는 집을 유지하려면, 하나의 새로운 물건을 들이기 위해 가지고 있는 소중한 물건 가운데 하나를 처분해야 한다. 희생이 따르므로 더 고심한다. 없어서 아주 곤란한 물건이 아니라면 사지 않게 된다.

입지 않는 옷을 가려내는 유용한 전략 가운데 하나는 '옷걸이 뒤집기'다. 열흘에서 보름 정도 시간을 두고 입은 옷은 옷걸이를 반대로 뒤집어 보관해보자.

한 주가량 시간이 지나 옷장을 열어보면, 주로 손이 갔던 옷들이 어떤 것인지 얼추 가늠이 된다.

뒤집힌 옷걸이에 걸린 옷은 입고 외출한 옷, 즉 앞으로도 즐겨 입을 옷.

옷걸이를 뒤집지 않은 옷은 어떤 연유에서건 손이 가지 않는 옷, 즉 앞으로도 입을 가능성이 희박한 옷.

물건을 구입하는 조건을 분명히 하자. 기준이 확실하면 고민하는 시간이 줄고, 조건에 부합하는 물건을 고르기도 쉬워진다.

테이블을 살 때 다음과 같은 조건을 내걸었다.

원목, 월넛색, 가벼움, 직경 800mm 원형 상판, 장식 없음.

원목으로 만들어진 장식 없는 테이블은 몇 가지 없었다. 어렵게 찾았지만 결정은 빨랐다.

매일같이 사용하는 도마가 손이 닿지 않는 찬장에 있다거나 겹겹이 쌓아놓은 주방 도구 더미 속에 파묻혀 있다. 찬장에 있는 도마를 쓰려면, 의자를 놓고 도마를 꺼내고 다시 의자를 제자리에 두는 3가지 동작을 해야 한다. 주방 도구 더미에 파묻힌 도마를 쓰려면, 위에 올라간 주방 도구를 먼저 다른 곳으로 옮기고 도마를 꺼낸 다음 다시 옮긴 도구들을 원위치시켜야 한다.

물건도 넉넉하게 숨 쉴 공간이 필요하다. 짓눌려 있거나 손이 닿지 않는 위치에 있으면 답답함을 호소한다. 번거로운 이중 동작은 사용할 때마다 스트레스를 받게 한다.

미니멀리스트들의 집은 대부분 서랍 속이든 장식장 안이든 선반 위든 물건이 넉넉하게 간격을 두고 배치되어 있다.

적당한 여백이 있는 수납 방식은, 무엇을 얼마만큼 가지고 있는지 재고 파악이 쉽다. 무엇을 얼마나 소유하고 있는지 아는 것은 낭비 없는 생활의 첫걸음이다.

생활의 편의를 책임지는 물건은 몇 되지 않는다. 다 갖춰놓아도 여유 공간이 충분하다. 빈 공간이 많은 집은 예상외로 불편하지 않다. 오히려 필요 이상 과도하게 물건에 의존한 생활 방식이 우리를 더 일하게 한다.

충동적으로 사놓고 쓰지 않는 물건만 찾아 처분해도, 집에 요가 매트 하나 놓을 공간이 나온다.

백화점의 명품관과 감각적인 셀렉트 숍(편집 매장)은 모두 공간을 넓게 쓴다. 진열된 물건 사이사이도 충분한 여유가 있다.

여백 없이 물건으로 가득 찬 도매 시장에 오래 머물고 싶은 사람은 없다. 그곳에 신중하게 엄선된 물건을 판매한다는 느낌은 없다.

아름답게 공간을 꾸미고자 하는 열망이 클수록 가구 하나, 소품 하나를 돋보이게 하기 위해서라도 빈 공간을 많이 만들어야 한다.

사람마다 희망하는 집의 역할이 다르고, 편안함을 느끼는 벽지의 색깔, 가구의 질감도 다르다. 자신이 어떤 형태의 집에서 안정감을 느끼는지 구체적으로 알아야 한다.

작은 소품 하나, 가구 한 점을 놓더라도 자신이 이상적으로 그리는 집의 역할에 맞는 선택을 해야 안락하고 즐거운 생활 환경이 된다.

낭비하지 않으려면 물건을 오래 써야 한다. 물건을 오래 쓰려면 관리를 잘해야 한다. 매일 광낼 필요까지는 없지만 적어도 음식물을 먹으면서 책을 만진다든가, 물기 묻은 손을 옷에 문지른다든가 하는 무신경한 몸가짐은 바로잡을 필요가 있다.

절식은 다양한 질환을 호전시킨다. 우리 몸은 늘 영양 과잉 상태다. 필요 이상의 칼로리와 건강에 좋지 않은 음식 섭취로 몸속 장기 구석구석에 독소가 쌓인다. 잉여 에너지는 지방으로 축적되어 혈관을 막고, 혈액을 끈적끈적하게 만든다.

절식하는 동안 우리 몸은 일시적인 휴업 상태에 돌입한다. 고강도 노동에 시달리던 몸속 기관들이 잠깐이나마 휴식기를 가지며 재충전을 한다. 인풋이 없지만 식량난에 시달릴 걱정은 하지 않아도 된다. 그간 축적해놓은 잉여 영양분을 소비하면서 필요한 에너지를 공급한다. 음식 섭취를 줄이거나 푹 쉬면, 이 과정에서 노후한 세포, 병든 세포는 분해되고 젊고 건강한 세포가 재생된다.

절식을 하는 동안 보통 꿀을 넣은 레몬수에 한두 가지 생채소와 생과일을 곁들여 세끼를 먹는다. 당근, 사과, 오이, 샐러리 등 물에 씻어 바로 먹을 수 있는 과일이나 채소가 좋다. 익히지 않고 그대로 먹었을 때 채소와 과일에 함유된 비타민과 영양소가 파괴되지 않고 몸에 흡수된다. 이런저런 준비가 귀찮다면 간편하게 한 끼에 사과를 한 알씩, 하루 동안 사과를 2~3알 정도 먹는 식으로 절식을 실천해도 좋다. 내 경험상, 수분 함량이 높고 밀도가 낮은 채소와 과일이 가장 배출 효과가 뛰어났다.

절식을 하는 기간은 짧게는 3일, 길게는 2주까지 컨디션에 맞게 조율할 수 있다.

사소한 메모부터 중요한 필기까지 모든 기록을 한곳에서 해결한다. 낱장 메모지나 포스트잇은 사용하지 않고, 따로 노트를 용도별로 나눠 쓰지도 않는다. 떠오른 아이디어부터 공적 업무까지 모두 몰스킨 수첩에 기록한다. 수첩에 기록된 것은 그때그때 글로 엮어 블로그에 올리거나 문서로 데이터화하고, 사용이 끝난 수첩은 처분한다.

사용하는 노트가 많으면 정작 필요한 메모를 찾을 수가 없다. 옷과 비슷하다. 가진 게 지나치게 많으면 중요한 순간에 필요한 하나를 찾기가 어렵다. 옷은 찾다 안 되면 포기하고 새것을 사도 되지만, 정보, 메모, 아이디어, 일정은 찾지 못하면 복구가 불가능하다.

노트는 용도 구분 없이 한 권으로 통일한다. 페이지마다 번호를 매기고 첫 페이지에 키워드와 제목으로 정리한 목차를 만들어두면, 언제든지 필요한 내용을 쉽게 찾을 수 있다.

가구를 비롯해 집 안의 물건을 한 가지 색상으로 통일하면, 인테리어를 따로 하지 않아도, 집이 세련되어 보인다. 벽지와 커튼은 톤과 색감을 통일하고, 전자 제품도 유사한 소재로 한다. 식기도 마찬가지다.

장식품도 그림도 액자도 없고 카펫이나 바닥 매트도 깔지 않지만, 가구와 소품의 전체적인 색감을 통일하는 것만으로 집에 안정감이 생긴다. 특별한 가구나 장식이 없어도, 안락하고 감각적인 공간으로 느껴진다.

플라스틱이나 합성수지보다는 나무, 유리, 직물 등 천연 소재의 생활용품을 선택하는 것 또한 노하우다. 어차피 그릇, 테이블, 컵, 커튼, 의자는 매일같이 사용하는 생활용품이다. 장식품으로 따로 집을 꾸미지 않아도, 실용적인 물품만 신중하게 골라도 충분히 집을 아름답게 가꿀 수 있다.

미니멀리스트들은 다양하게 사용할 수 있는 제품을 선호한다. 그 가운데 정평이 나 있는 제품이 올인원 비누다. 브랜드는 찾아보면 무수하게 많으니, 이것저것 시도해보며 개인의 피부에 맞는 제품을 선택하면 된다.

비누 하나로 머리도 감고 샤워도 하고 반신욕도 하고 세안까지 가능하다. 주방 세제로도 쓸 수 있고, 빨래할 때 세탁기에도 넣고, 반려동물 목욕제로도 쓴다. 용도는 그야말로 무한대로 확장된다. 사실 다 같은 세정이라는 기능을 위해 사용하는데, 부위별, 상황별로 달리 쓸 이유가 없다. 피부에 닿는 섬유를 세척하는데 쓰는 비누 거품이 얼굴에 튀어 큰일이 났다면, 먼저 그 세탁비누의 성분을 의심해봐야 한다.

여행 시에 올인원 비누는 빛을 발한다. 수건과 비누, 보습제만 챙기면, 욕실용품은 준비가 끝난다. 평상시 집의 욕실 환경도 무섭게 간소화된다.

올인원 비누에 버금가는 역량을 자랑하는 다음 주자는 '코코넛오일'이다. 머리에 바르면 헤어 에센스, 주방에서 쓰면 식용유, 몸에 바르면 보디로션, 화장을 지우면 클렌징 오일이다. 식용으로 먹기도 한다. 코코넛오일로 입안을 헹구면 바이러스와 세균을 없애주고, 밥에 넣어 먹으면 칼로리를 낮춰주어 건강에도 이롭다.

한 통을 사면 때를 가리지 않고 온갖 상황에 다 써도 양이 줄지 않으니, 용량 대비 효율도 뛰어나다. 가격도 저렴하다. 하나를 구비해두면, 줄일 수 있는 물건이 대여섯 가지다.

7. 경계할 것

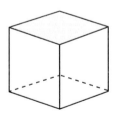

미니멀리즘을 오랜 시간 실천하다보면 물건의 양으로 사람을 판단하기 시작한다. 물건을 많이 가졌다고 비난하는 것은 가진 재산으로 타인의 가치를 평가하는 것과 다르지 않다.

주변을 좋아하는 것들로 가득 채우는 삶을 누군가가 살고 있다면 그들을 존중하고 응원하자. 물건 없이 사는 우리의 남다른 생활 방식을 존중 받고 싶다면 우리 먼저 그들을 배려하고 인정해줘야 한다. 타인을 이해시키려 하지 말고 이해받으려고 애쓰지도 말자.

나의 행복에 집중하며 살다보면 누군가는 반드시 행복의 출처에 관심을 가지게 된다. 비결을 궁금해할 때 경험을 들려주면 된다.

버리는 과정은 필요와 불필요를 구분하여 더 중요한 것을 발견하게 해준다. 버리기 자체가 목적이 되어버리면 무엇을 위해 버리는지도 모른 채 일단 버리고 보는 중독에 빠진다.

버리고 비우며 궁극적으로 지향하는 바는 더 비울 게 없는 상태. 미니멀리즘은 낭비에 대한 정당성을 얻기 위한 수단이 아니다.

글을 써도 끝을 맺지 않으면 책은 나오지 않는다.

무언가를 시작하기보다 매듭을 잘 짓는 것.

새롭게 사는 일보다 가진 것을 소중하게 쓰는 것.

들어가는 입구와 함께 출구를 잘 닦아놓는 것.

입장보다 퇴장이 더 아름다울 것.

미니멀리즘이 일깨워준 지혜의 말이다.

나는 모든 종교와 신을 존중한다. 그러나 종교 또한 집착과 욕망의 대상이 될 수 있기에 항상 경계한다. 종교가 희망찬 삶과 행복에 기여했다면 그걸로 됐다. 하지만 자신의 믿음을 강요하고 남을 억압하는 용도로 쓴다면 종교 또한 물건을 버렸던 것처럼 외면하고 차단해야 한다.

그릇된 신념으로 인류의 불행을 야기한 역사가 있다. 왜곡된 민족관으로 학살을 자행하고 인권을 말살한 독재자가 있다.

맹신과 도를 넘은 애착은 오히려 불행을 초래한다. 초연하고 중립적인 자세를 취하는 것은 올바른 판단을 하는 데 분명히 도움이 된다. 세상 모든 것은 집착의 대상이다. 소비하는 물건, 경험, 사람, 지식, 관념… 전부 집착의 잠재적 후보다.

'매년 생일 때마다 축하한다는 메시지를 보내는데, 이 녀석은 연락 한번 없네.'

'밥 한번 먹자고 말뿐이고, 만나자고는 안 하네.'

'집들이한다고 와놓고, 빈손이네. 나를 친구로 생각은 하는 것인가?

누구나 관계 속에서 실망감을 느껴본 적이 있다. 기대를 하기에 실망을 한다. 대가를 바라지 않을 자신이 없다면, 호의는 베풀지 않는 게 낫다.

인간관계는 수학이 아니다. 100을 투입한다고 100이 아웃풋으로 계산되지 않는다. 기대하는 답과 반응이 있으면, 원치 않는 답을 얻었을 때 실망하게 된다.

혼자 힘으로도 사랑이 충만할 수 있는 사람은 타인의 감정에 기대어 일희일비하지 않는다.

내가 나를 충분히 사랑할 때 나는 빛난다. 빛나는 사람 곁에는 다가서기가 쉽다. 사랑하기도 쉽다. 쉽게 상처받고 말 한두 마디에 휘청거리는 사람은 가까워지기가 어렵다. 늘 조심하고 눈치 봐야 한다. 애정을 구걸하는 순간 그 관계는 불평등해진다.

친구를 '있어 좋은 사람'으로 보자. 없이 안 되는 사람이 아니다. 잘 해주면 고마움을 또 다른 성의로 되갚자. 소홀해진 관심에 상처를 받았다면, 내 안에 사랑이 부족한 건 아닌지를 확인하자. 균일하게 사랑을 준다고 좋은 친구, 좋은 연인이 아니다. 변함없이 내 곁을 지켜준 친구는 언제나 고마운 벗이다. 들쑥날쑥한 사랑의 양(quantity)에 초점을 두지 말고, 작은 일에도 실망할 만큼 내 안의 존중감이 초라해진 건 아닌지, 물어보자.

마치는 말

2016년 11월, 지금으로부터 약 8년 전에 이 책의 원고를 처음 쓰기 시작했다. 8년이라는 긴 시간이 흘렀음에도 여전히 나는 미니멀리스트로 살아가고 있다.

남다른 생활 방식임에도 흔들리지 않고 오랜 시간 지켜온 데는 그만한 이유가 분명히 있다.

나는 기질적으로 예민해 자극에 취약하다. 단정한 생활을 동경하지만, 안타깝게도 정리 정돈하는 재능은 타고나지 못했다. 너저분한 환경에서 스트레스를 받지만, 지저분함을 관리하는 데는 서툴기만 하다. 그런 내게 미니멀리즘은 또 하나의 대안이었다. 여전히 나는 정돈도 집안일도 자기관리도 얼기설기하지만, 그럼에도 나의 생활, 공간, 삶, 태도는 조금씩 호전되고 있다.

미니멀리즘을 만나고 내 삶의 모든 면면이 좋아진 건 아니다. 하는 일마다 죄다 순탄하고, 뜻하는 대로 풀리지도 않았다. 그러나 2015년 1월 처음으로 봉투 가득 물건을 한바탕 버리기로 결심했던 그

날 나는 삶의 새로운 국면을 맞이했다고 확신한다.

욕망과 집착이 조금씩 싹터, 마음에 상처를 낼 때, 불안하고, 막막해, 어디서 어떻게 시작해야 할지 자신이 서지 않을 때, 나는 어김없이 무언가를 하나씩 차분히 비울 준비를 한다. 잘 입지 않는 옷, 말라버린 화병 속 꽃, 해진 청바지, 색 바랜 양말이기도 하고, 마음에 쌓인 증오와 원망, 생각과 감정의 먼지일 때도 있다.

오늘보다 조금 더 가벼워진 내일을 맞이한다고 생각하면 어쩐지 힘이 솟는다. 정갈한 마음가짐으로 뭐든 씩씩하게 해낼 수 있을 것 같은 믿음이 생긴다.

오늘을 아무리 엉망으로 보내도 변함없이 내일의 태양은 떠오른다. 그 사실이 내심 나를 안심시켜주듯, 빈 캔버스, 허전한 공간을 마주하면 어쩐지 비슷한 안도감이 든다.

만남, 시작, 연결 그 어떤 곳에서도 답을 찾을 수 없다면, 이제는 몸부터 먼저 단절, 정체, 부재와 이별로 기운다. 어제의 실수와 후회가 전부 없던 일이 되지는 않지만, 책망의 근원을 차분히 반추해보는 데는 분명 쓸모가 있다.

지금도, 그리고 다가올 날들도 나는 무언가를 하나씩 비우고 덜고 줄여간다. 가만히 있어도 뭐든 쉽게 차오르는 채움과 달리, 의식하지 않으면, 까맣게 잊어버리는 게 비움이기에, 채움과 비움 사이 무게추는 언제나 비움에 조금 더 가깝게 매달고.

간소한 삶에 관한 작은 책

1판 1쇄 발행 2024년 7월 15일
1판 3쇄 발행 2024년 10월 1일

지은이 진민영
펴낸이 김현정
펴낸곳 책읽는고양이(도서출판리수)

등록 제4-389호(2000년 1월 13일)
주소 서울시 성동구 행당로 76 110호.
전화 2299-3703
팩스 2282-3152
홈페이지 www. risu. co. kr
이메일 risubook@hanmail. net

ⓒ 2024, 진민영
ISBN 979-11-92753-26-3 03810

※책값은 뒤표지에 있습니다.
※잘못 제본된 책은 바꾸어 드립니다